내꿈을
디자인하다

내꿈을
디자인하다

이인영 DASSY LEE

알비

Contents

돈 한 푼 안 내고, 많은 것들을 보고, 많은 사람과 어울리고, 내가 너무나도 사랑하는 춤을 추며, 이 모든 것들을 경험하며 세상을 여행하고 있다.

모두가 안 된다고 했는데, 포기하지 않고 31년 인생 여기까지 온 것이 너무 자랑스럽다. 나는 억만장자도 아니고, 나라를 구한 사람도 아니고, 그냥 한국에서 태어난 꿈 많은 156cm의 자그마한 여성이다. 그렇게 대단한 일은 아니라고 하는 사람들도 있겠지만, 나는 내 인생의 가치를 아주 높게 사고 싶다.

나는 억만장자 아닌 억만장자이다. 내가 경험한 모든 것들은 이제 내 살이 되고 피가 되었고, 내 전부가 되었다. 이 경험을 더 많은 사람과 공유하고 싶고, 나와 같은 상황에 놓인 꿈 많은 사람들에게 조금이라도 도움이 되고 싶다. 꿈을 찾는 사람들에게도 뭐든지 마음껏 도전할 수 있도록 희망과 용기를 주고 싶다. 얼마나 많은 사람이 이 글을 읽게 될진 모르겠지만, 한 명이라도 영감을 받는다면 나는 너무 행복할 것 같다.

나는 춤과 사랑에 빠져 내 인생을 내가 원하는 대로 디자인했다. 힘들고 포기하고 싶은 순간도 있었고 너무너무 지쳐서 눈물이 난 적도 있었지만 멈추지 않았다. 울면서도 계속했다. 2012년에 혼자 미국에 이민 왔을 때도 오로지 춤으로 성공하고 싶다는 마음뿐이었다.

현재 나는 전문 댄서이자 안무가, 디렉터, 강사로 전 세계를 돌며 프로페셔널한 인생을 살고 있다. 벌써 레드불 댄서 소속으로 후원을 받은 지 4년이 되었고, NIKE, Adidas, Timberland 등 많은 광고 촬영과 the Weeknd, One Republic, Taylor Swift 등등 많은 유명인의 뮤직비디오와 뮤직 어워드에도 참여했다. 세계를 돌며 스트릿 댄스 배틀에도 참가하고, 워크숍으로 사람들을 가르치기도 하며, 큰 극장에서 예술공연을 하기도 한다.

이 글을 쓰는 지금은 유럽의 작은 독립 국가인 안도라(Andorra la Vella)에 있다. 여기에 있는 이유는 '태양의 서커스(Cirque Du Soleil)' 댄서로 한 달 반 동안 공연을 하고 있기 때문이다. 아마 이 책을 계속 쓰는 중에도, 책이 완성되는 순간까지도 일정에 따라 여러 나라를 계속 여행하고 있을 것이다.

무대 위에서 흘리는 땀, 사람들의 함성, 무대 위 조명과 공연 전의 긴장감, TV에서 보이는 나의 모습, 카메라와 하나가 되며 작품들을 완성해가는 나의 모습과 집중력. 난 이 모든 것들을 너무나 사랑한다.

하지만 이 과정이 모두 순탄했던 것만은 아니다. 걸림돌도 많았고, 춤이 너무 싫었을 때도 있었다. 내가 그토록 사랑하고 열심히 디자인한, 적다면 적고 많다면 많은 만 31년의 경험을 이제 쏟아내고 싶다. 행복이 오면 고통도 따르고, 고통이 있었기 때문에 또다시 한발 한발 더 앞으로 나아갈 수 있었다. 행복감, 고통, 희열감, 외로움, 고독함. 이 모든 과정에서 느꼈던 무수한 감정 덕분에 인생이란 작품이 더욱 아름다운 것이 아닐까? 내가 경험하고 느낀 것들이 비슷한 꿈을 가진 사람들과 비슷한 꿈을 가지고 있지 않거나 혹은 아직 꿈을 찾지 못한 사람들에게도, 시작할 수 있는 작은 희망이 될 수 있길 바라며 글을 시작한다.

안도라에서
이 인 영

STORY 01
춤을,
만나다.

01

YOUNG DASSY

99 스스로가 '아닌 건 아니다'라는 확신이 컸다.
내가 용납되지 않는 것은 하지 않았다.

1991년 3월 18일로 넘어가는 새벽 5시 55분, 내가 세상에 태어난 날이다. 어린 시절, 아침에 눈을 뜨면 보이는 것은 어둠 속에 이 불뿐이었고 아무도 없다는 느낌에 매일 같이 울며 아래층 할머니, 할아버지 집으로 갔다. 긴 하루 속 모든 시간을 홀로 보냈다. 무엇을 했었는지 잘 기억나지 않지만, 딱 하나 기억나는 것은 하루 종일 종이와 펜슬을 부여잡고 마음속에 있는 것들을 그렸다. 계획 없이 마음이 시키는 대로 그렸다. 그렇게 내 인생은 프리스타일로 시작되었다. 나보다 3살이 많은 친언니와 함께 틈만 나면 함께 그림을 그렸다. 언니가 그리는 것을 따라 그리고, 그러다 새로운 것을 만들어 내고, 서로 만화책을 만들어 읽곤 했다. 그러면 시간이 참 빨리 흘렀다.

엄마는 밤 9시에 직장에서 돌아왔다. 길고 곱슬거리는 파마머리의 우리 엄마. 그때 엄마가 무슨 일을 했었는지 정확하게 기억나지는 않지만, 미싱 일을 여러 개 했던 것만 기억난다. 어린 시절을 떠올리면, 엄청 열심히 일하는 엄마 모습밖에 떠오르지 않는다. 어떻게 혼자서 두 자식을 이렇게 잘 키웠을까? 우리 엄마는 나의 영웅이다. 내 인생의 영웅. 평생 보답하고 지켜주고 싶은 나의 영웅이자, 그녀의 영웅이 되고 싶었다.

엄마는 나를 낳고 1년 뒤, 아빠를 보내야 했다. 엄마가 언니를 가졌을 때 아빠는 이미 섬유육종암 진단을 받고 투병 중이었고, 나를 가졌을 때쯤 암이 다른 곳으로 전이되어 빨리 세상을 떠날 수밖에 없었다. 그래서인지 아빠와 함께 찍은 사진들은 모두 아빠가 너무 여위었다. 나는 그 모습 말고는 아빠에 대해 아는 것이 별로 없다.

조용하고 말 없는 어린 시절을 보냈지만, 그래도 주위에 친구들이 끊임없이 있었다. 친구를 만들려고 노력하지 않아도, 마음이 맞는 친구들이 항상 주위에 있었다. 조용하고 할 일 하고, 모범까진 아니어도 나름 바른 아이였다. 물건을 훔치거나 나쁜 행동은 해본 적이 없다. 엄마가 엄격하게 하나하나 가르친 건 아닌데 스스로 '아닌 건 아니다'라는 확신이 컸다. 내가 용납되지 않는 것은 하지 않았다. 그렇게 어린 시절은 조용하게 걱정 없이, 친구들과 어울리며 함께 하고 싶은 것을 하며 자랐다.

02

절대 포기할 수 없는 한 가지

" 가진 것이 없고 상황이 어려워도 이룰 수 있다
는 것을 보여주고 싶었다.
나는 다르다는 걸 보여주고 싶었다.

집이 어려우면 학교에서도 힘든 상황들이 생긴다. 선생님은 쉬는 시간마다 특별한 가정통신문을 전달했다. 학교에서 어려운 어린이를 돕기 위해, 라면을 박스로 준다는 이야기였다. 나는 학교가 끝나면 그 큰 박스들을 가져갔는데, 친구들이 보니까 그게 너무 싫었다. 9살쯤이었는데 어떻게 해야 친구들이 보지 않을 때 조용히 가져갈 수 있을까 고민하는 것이 내 숙제였다.

자라면서도 포기해야 하는 것들이 많았다. 2년 동안 다녔던 수학, 영어 학원 등록금이 비싸지자 그만둬야 했다. 그렇게 자유시간이 많아지니 처음에는 무얼 해야 할지 몰라서 그림만 계속 그리다가 새로운 취미가 생겼다. TV에 나오는 연예인들 춤을 따라 하는 것이 그렇게 재미있었다. 친구들을 불러 모아 같이 따라 췄다. 누구는 연예인 누구하고 나는 누구하고, 그렇게 시간을 보냈다. 학교가 끝나면 친구 집에서 춤을 추고, 친구네 집이 되지 않으면 놀이터에서 춤을 췄다. 그렇게 어둑해질 때까지 춤을 췄다. 너무 재미있었다.

그렇게 한창 춤에 빠졌을 때쯤 친구를 따라 재즈댄스 학원에 가게 되었다. 돈이 없어서 수업은 듣지 않고 로비에 앉아서 구경했는데, 너무 부러웠다. 배울 수 있다는 자체가 너무너무 부러웠다. 그날 바로 엄마에게 나도 재즈댄스 배우고 싶다고 말해봤지만 엄마는 수학 학원도 등록 못 하는데 댄스학원은 무슨 돈으로 다니겠냐며 허락하지 않았다. 엄마가 원하는 것은 똑똑한 딸, 똑똑하게 공부해서 멋진 회사에 들어간 딸이니 당연히 댄스 학원은 꿈도 꿀 수 없었다. 그렇게 하나둘 포기하며 자랐다. 그게 버릇이 되면 안 되는데, '나는 가질 수 없다'라는 그 마음이 조금은 버릇이 되어버렸던 것 같다.

그래도 내가 정말 원했던 꿈은 포기하지 않았다. 상황이 어려워 포기하는 것이 있을지라도 정말 가슴 깊이 원하는 것이 생기면, 그 끈은 놓지 않았다. 가진 것이 없고 상황이 어려워도 이룰 수 있다는 것을 보여주고 싶었다. 나는 다르다는 걸 보여주고 싶었다. 사람들이 할 수 없다고 할 때 해야만 직성이 풀리는 그런 마음. 나는 해야만 했다. 그것이 오로지 내가 가진 희망, 꿈이었다.

내가 누군가 부러워했던걸 난 다 가질거다.
참음을 잊지않는 사람이 될꺼다.
남들이 난보며 행복해하고 부러워하고, 정말 행복하고
만족한 삶을 살꺼다.
하번과님꺼 이해해줘라 .!!
      내가 세상에 존재하는 이상 난 모든걸 이룰수있다.
내세상, 내우주는 내가 만든다 .!!

    지금 내가 상상하고있는 내 우주는 반드시
      실현된다 .. !!

    난 부족함없이 풍부하니깐 !! ^.^
    나 완벽한 여자가 될꺼다 !!
      Soul 이 가득한 !! 매력적인 !!
    깨끗하고 순수한 .!! 웃잘있는 .!! 정말이쁜 !
    성격좋은 .!! 가진게 정말 풍부한 !!
      예쁜이 !! 효녀 !! Ma Dream !!
    World Dream ♡

03

일찍이 찾아온 꿈,
댄스동아리

> 꿈이 생겼다.
> 나도 언젠가 저 무대에 서서
> 모든 이들에게 감동을 주고 싶었다.
> 정말 그것밖에 생각나지 않았다.

여전히 춤을 사랑하고, 친구들과 많은 시간을 춤으로 보내곤 했던 12살 무렵, TV에서 (통칭 '유 캔 댄스')라는 프로그램이 방영되었다. 새벽 시간으로 기억하는데, 나는 잠들기는커녕 엄마랑 언니가 자는 동안에도 꼬박꼬박 일어나 프로그램을 시청했다.

그리고 꿈이 생겼다. 나도 언젠가 〈유 캔 댄스〉에 나오는 댄서들처럼 저 무대에 서서 모든 이들에게 감동을 주고 싶었다. 꼭 이루고 싶은 큰 꿈이 생겨버리고 나서는 정말 그것밖에 생각나지 않았다. 마음에 간절한 것 하나가 자리 잡으면, 무슨 일이 생겨도 그것을 해야만 했다.

그 꿈 하나를 계속 품고서 꾸준히 친구들과 함께 춤을 추었고, 중학생이 되면서 당연하게 댄스동아리에 관심이 생겼다. 친구들과 함께 댄스동아리 신입생 환영회에 처음으로 가게 되었는데 TV에서 보던 것과는 달리 바로 눈앞에서 보니까, 내 가슴이 쿵쾅거리기 시작하는 소리가 음악의 비트와 함께 더 생생하게 느껴졌다. 그 순간 또다시 춤에 반해버렸다. 선배들이 조그마한 학교 소극장에서 춤을 추는 것이 너무나 감동이었고, 열정적인 움직임, 음악과 하나가 되는 그 모습, 주위 사람들이 열광하는 그 순간 모든 것이 너무나 생동감이 넘쳤다. 18년이 지난 지금까지도 그때를 생각만 하면 어제 일처럼 아주 생생하다.

댄스동아리에 들기로 마음을 먹었고, 오디션을 본 후 합격했

다. 그동안 꾸준히 친구들과 함께 춤을 췄던 것이 도움이 되었는지 쉽게 동아리에 들어갈 수 있었다. 그렇게 댄스 인생이 시작되었다. 학교가 끝나면 일주일에 3일, 많게는 5일 정도 꾸준히 구로 청소년 수련관에서 보냈다. 선배들에게 안무를 배우고 계속 연습하고, 선 잡는 연습도 아주 많이 하고, 일반 방송 댄스팀 못지않게 제대로 교육받을 수 있었다. 제대로 하지 못하면 맞기까지 했을 정도였다. 정말 춤을 잘 추는 선배 언니가 리더였는데, 교육방식이 아주 엄격하여 잘할 수밖에 없도록 잡아주었다.

중학교 3년 동안 댄스동아리 활동을 꾸준히 했고, 마지막 3년째 해에는 동아리 리더가 되었다. 동아리 활동은 주로 학교 행사 때 춤을 추었고, 가끔 열리는 서울시, 구 동아리 행사에 초청이 되기도 했고, 대회 행사를 나가곤 했다. 행사가 있을 때는 정말 열심히 연습했다. 학교생활에 지장이 있을 정도였다. 솔직히 말하면 나는 공부에는 그렇게 큰 관심이 있지 않았다. 그림 그리는 게 좋고, 춤추는 거 좋아하는, 말하자면 living in the moment(이 순간을 즐기는) 아이였다.

한 발짝 가까워진
전문적인 춤의 세계

" 그렇게 더욱더 춤에 미치기 시작했다.

동아리 활동뿐만 아니라 더욱 춤에 가까워지고 싶었다. 그래서 친구와 함께 'Winners Dance School(위너스 댄스 스쿨)'을 방문했다. 위너스 댄스 스쿨은 그 당시 한국에서 제일 유명한 댄스 학원이었다. 소녀시대 효연도 위너스에서 전문적인 트레이닝을 받았다고 알려져 있고 그 밖에 많은 가수와 연예인들이 거쳐 간 학원이다.

위너스 댄스 스쿨 안무가들은 유명 가수들의 안무를 맡을 정도로 정말 잘나가는 댄서들이 소속되어 있었다. 그래서 나도 위너스에서 춤을 더 전문적으로 배우고, 함께 추고 싶다는 생각이 들었다. 그때 내 형편으로 몇 달간의 수강료를 어떻게 감당했는지는 확실히 기억나지 않는다. 어릴 때부터 무수히 많은 아르바이트를 했는데 전단지, 찹쌀떡, PC방, 피자집, 커피숍, 사무실, 바리스타, 고깃집 등등 할 수 있는 아르바이트는 다 했었다. 그때 당시 미스터피자 아르바이트에서 번 돈으로 냈을 수도 있고, 엄마에게 간곡하게 부탁했을 수도 있다.

처음 위너스에 방문했을 때의 느낌은 아직도 생생하게 기억한다. 정말 멋지게 입은 댄서들이 미국 힙합 음악에 맞추어 몸을 자유자재로 움직이고 있었고, 꿈만 같았다. 다들 너무 춤을 잘 추니 새로운 세상에 있는 기분이었다. 그렇게 위너스 스쿨에 다니면서 더욱더 춤에 미치기 시작했다.

나의 첫 아이돌,
스승님

" 무엇이든 배우고 많은 것을 경험하는 것이
최고로 갈 수 있는 길이라는 것을
일찍부터 깨달았다.

나의 첫 아이돌이 탄생했다! 바로 김혜랑. 나의 첫 번째 스승님이자 나에게 많은 것을 가르쳐 준 사람이다. 그녀가 있었기에 내가 노력파가 될 수밖에 없었고, 춤을 더 깊게 파고들 수 있었다. 그녀와 친해지는 기간은 아주 오래 걸렸다. 스승님에게 인정받는, 선택된 제자가 되고 싶었다.

열심히 아르바이트로 학원비를 마련하면서도 댄스 수업은 절대 빠지지 않았다. 학교에 있으면 온종일 댄스 생각 때문에 공부에 집중하지도 못했다. 아니, 못한 것보다 안 했다. 내 관심사는 오로지 댄스였다. 그렇게 온종일 외골수처럼 파고들었다. 마침 댄스동아리 활동도 막바지여서 더 좋은 환경에서, 최고의 환경에서 눈에 띄고 주목받고 싶었다. Best of Best가 되고 싶었다.

무엇이든 배우고 많은 것을 경험하는 것이 최고로 갈 수 있는 길이라는 것을 일찍부터 깨달았다. 내 성격이 워낙에 욕심이 많아서 그랬을 수도 있다. 돈 때문에 포기한 것도 많았지만, 무언갈 원하면 꼭 이뤄야만 하는 무모함과 열정이 내가 가진 전부였다. 그게 없었다면 여기까지 올 수도 없었을 테고, 그게 내가 가진 재능중에 하나가 아니었을까?

스승님의 모든 것을 닮고 싶었다. 그녀의 춤, 그녀가 입는 옷들, 그녀의 열정과 춤 하나만 파고드는 춤에 대한 고집, 그리고 그녀가 좋아하는 음악들… 그렇게 내가 존경하는 그녀가 좋아하던 흑인 음악과 힙합의 역사를 그녀의 가르침을 통해 직접 배울 수 있었다. 그녀는 지금도 '리아킴(Lia Kim)'이라는 이름으로 아주 활발히 활동하고 있다. 모두가 다 아는 '원밀리언 댄스 스튜디오(1MILLION Dance Studio)'를 설립하였고 댄서와 안무가로서 더욱 큰 성공을 거두었다.

06

실패에 주눅 들지 말자

99 실패에 주눅 들지 않고
긍정의 밑거름으로 삼는 마인드는
내가 가진 최고의 보물인 것 같다.

우리 집은 여전히 가난했다. 엄마는 두 딸을 잘 키워보겠다며 항상 일하느라 바빴다. 확실한 것은 내가 춤에 빠져있다는 것을 그렇게 좋아하진 않았다. 당시만 해도 춤과 댄서라는 세계는 사람들에게 다소 부정적인 시선과 인식이 있었다. 딴따라들, 노는 아이들이 하는 것, 뚜렷한 미래가 없는 직업이라는 사회적인 인식이 강했다.

혜랑 언니의 수업을 계속 듣고 싶었지만, 재정적으로 너무 힘들었다. 그러다가 기회가 찾아왔다. 혜랑 언니가 댄스 스쿨을 나오게 되면서 개인적으로 설립한 댄스 스튜디오가 있었다. 언니는 같이 팀을 꾸려 활동할 댄서들을 모집하고 있었고, 나도 오디션을 볼 수 있었다. 항상 빠지지 않고 수업을 들으러 다녔기에 혜랑 언니도 나의 노력을 알고 있었다. 언니의 팀에 들어가서 그토록 존경하는 스승님에게 실컷 배우고 같이 팀 활동을 하고 싶었다. 너무 간절했다.

오디션은 딱히 정해져 있는 틀이 있지는 않았고, 평소에 좋아하는 음악에 안무를 짜거나 프리스타일을 선보이는 방식이었다. 나는 내가 너무 좋아했던 Prince의 음악에 안무를 조금 짠 '락킹(Locking)'이란 스트릿 댄스 장르로 오디션을 보았다. 너무너무 떨렸다. 너무 떨려서 그때는 내가 춤을 어떻게 췄는지, 표정은 어땠는지 기억이 하나도 나지 않는다. 하지만 한 가지 확실하게 느낄 수 있었던 것은 혜랑 언니의 스마일이었다. 언니가 만족하고 있다는 느낌을 아주 강하게 받았다.

하지만 나는 팀원으로 선택되지 않았다. 그때는 어린 마음에 내가 오디션 본 모든 사람 중에서 열정만큼은 최고라고 생각했고 춤 실력도 누구에게 뒤처지지 않는다는 확신이 있었기 때문에 많이 울었다.

왜 내가 뽑히지 않았을까? 며칠 뒤에 같이 수업을 듣던 언니를 통해서 내가 너무 어려서 뽑지 않았다는 얘기를 들을 수 있었다. 오디션을 본 사람 중에서 제일 눈에 띈 것은 사실이지만, 나이가 어느 정도 맞는 댄서들과 함께 팀을 꾸리고 싶었다고 전해 들었다. 그때 내 나이가 너무 어리다는 것이 원망스러웠고 뽑힌 오빠, 언니들이 너무 부러웠다. 그땐 내가 그 자리에 있어야만 한다고 생각했기 때문에 정말 많이 속상했다.

그렇게 실패의 맛을 봤지만, 그래도 계속 꾸준히 열심히 해보자 생각했다. 더 잘해서 나를 뽑지 않은 것이 계속 생각나도록 더 열심히 해보자고 결심했다. 내가 생각해도 내 춤에 대한 내 고집은 세계 최고다. 거기에 실패에 주눅 들지 않고 긍정의 밑거름으로 삼는 마인드는 내가 가진 최고의 보물인 것 같다. 그렇게 몇 년을 꾸준히 노력하고 성실하게, 무엇보다 춤에 대한 순수한 열정을 놓지 않고 누가 뭐라 한들 내 춤에 미쳐서 추다 보니 내가 보기에도 성장한 것이 느껴졌다.

결국 나는 혜랑 언니의 팀원이 되었다. 그렇게 모든 클래스를 자유롭게 들을 수 있었고, 혜랑 언니와 함께 공연도 서고, 언니 옆에서 클래스에서만 배울 수 있는 춤뿐만 아니라 아티스트로서, 댄서로서 더 많은 다양한 것들도 배울 수 있었다. 정말 정말 행복했고, 그렇게 춤과 더 가까워질 수 있었다.

07

첫 공중파 활동

99 학교 친구들이 대학 진학을 꿈꿀 때,
나는 미국 진출을 꿈꿨다.
더 나아가 세계 무대에서
성공하겠다는 포부가 있었다.

고등학교에 진학했을 무렵, 인생 처음으로 공중파 백업 댄스의 기회가 생겼다. 백업 댄스 일로 학교 입학식도 참석하지 못했던 기억이 난다. 그 당시 나는 학교 수업을 마치고 5시쯤 지하철을 타고 1시간 반 정도 걸리는 광화문과 건대 입구에 있는 혜랑 언니 연습실에 가서 댄스 수업을 여러 개 듣고, 수업이 끝나면 새벽까지 춤 연습을 하고 아침 5시쯤 첫차를 타고 집에 가서 샤워한 뒤 바로 학교에 가는 일정으로 살았다. 지금 생각해보면 무슨 체력으로 그렇게 살았을까 싶다.

당연히 학교에서는 항상 졸았다. 영어 시간만 빼고. 그 당시에도 미국에 갈 계획을 세우고 있을 때여서 영어만큼은 열심히 공부했다. 지금 생각해보면 솔직히 그 정도까지 했었어야 했나 생각하면서도, 그때의 열정과 노력이 있었기에, 여기까지 올 수 있었다고 확신한다. 그렇지만 지금 이런 스케줄로 연습한다고 생각하면, 당연히 몸을 생각해서 하진 않을 것 같다. 오랫동안 좋아하는 것을 하기 위해서는 무엇보다도 항상 몸과 마음을 지키며 건강하게 트레이닝해야 한다는 것을 22년 동안 춤을 추면서 느꼈다.

공중파 백업 댄스 경험은 정말 새로웠다. 처음으로 뮤직비디오도 촬영했다. 아침 일찍부터 헤어와 메이크업을 받고 끊임없이 이어지는 촬영에 많이 놀랐지만, 그래도 너무 즐겁게 촬영했다. 정말 모든 것이 꿈만 같았다. 뜨겁게 쏟아지는 조명과 이곳저곳에서 함께 움직이는 카메라들, 분주한 스태프들 사이에서 순간순간이 너무 떨리고

KBS
뮤직뱅크
`끌려` 첫방 !!

대기실에서
메이크업,
헤어 다
받고 ^^

Lee
inyang

3. 7. 2008

이걸은때부터 너무,
해보고싶었던 방송활동 ... ^^

하루종일 나를 꾸미는데에 신경쓰고,
단 3분을 위해 치장하고 멋내고...
정말앞은 `카메라`들 속에 ...
여러 연예인들과 인사하고...
특별했던 경험이였다 .. ^^

긴장됐다.

그렇게 일주일에 3~4번 MBC, SBS, KBS 등 음악 프로그램에 백업 댄스 일을 하다 보니, 공중파 방송은 아침 일찍부터 대기가 많아서 당연히 학교를 많이 빠질 수밖에 없었다. 다행스럽게 학교에서는 내 상황을 많이 이해해주었다. 춤을 전문적으로 시작하면서 학교에서 춤추는 아이라고 소문이 나고 대부분의 학교 친구와는 자연스레 멀어졌지만, 그래도 지금까지 연락하는 친한 친구들 덕분에 학교생활도 즐겁게, 춤 생활도 즐겁게 할 수 있었다.

학교 친구들이 대학 진학을 꿈꿀 때, 나는 미국 진출을 꿈꿨다. 유학이나 이민이라는 개념을 생각하기보다 그냥 무작정 미국에 가서 성공하고 싶었다. 그리고 더 나아가 세계 무대에서 성공하겠다는 포부가 있었다. 그래서 확신했다. 내 운명은 춤이라는 세계에 사로잡혔으니 이제 더 깊게 파고들 일만 남았구나.

08

스트릿 댄스 세계 입문

99 음악의 흐름에 몸을 맡길 때의 짜릿함,
짜여있지 않고 준비되지 않아도 음악과 하나가
될 때의 그 감동적인 순간. 즉흥의 아름다움.
나는 이 모든 것이 좋았다.

동아리 활동은 짜여진 안무를 추는 코레오그래피(Choreography)쪽에 치우쳐 있던 반면, 혜랑 언니를 알게 되면서 스트릿 댄스의 세계에 빠져들게 되었다. 스트릿 댄스는 프리스타일 형식의 즉흥적인 춤 형태로, 미국에서 파생되어 힙합(Hip Hop), 팝핑(Popping), 락킹(Locking), 하우스(House), 왁킹(Waacking), 브레이킹(Breaking) 등 다양한 장르를 포함하고 있다. 대부분 이런 장르들은 파티나 재능을 선보이는 'Show off' 형태로 시작되었으며, 정해진 안무를 추기보다 각기 다른 장르의 독특한 색깔을 뿜내며 여러 장르 음악에 맞춰 즉흥으로 추는 문화다. 보통 배틀 형태로 자기가 가진 스킬을 과시하고 공유한다. 현재 우리나라에서도 〈쇼다운〉 같은 프로그램을 포함하여 다양한 TV 방송을 통해 많은 사람이 쉽게 접하고 있어서, 같은 스트릿 댄서로서 너무 자랑스럽고 행복하다.

나는 2007~2012년 사이에 한국 스트릿 댄스신(scene)에서 많은 시간을 보냈는데, 솔직히 그 당시 한국 스트릿 댄스신이야말로 절정 중에 절정이었다고 할 수 있을 것 같다. 지극히 나의 개인적인 의견이지만, 그 당시에 정말 수준 높은 댄서 선배들이 다양한 배틀에 많이 참가하였고 R16 KOREA(세계 비보이 대회) 같은 큰 행사도 한국에서 진행되었다. 그 밖의 수많은 지원을 따져봤을 때 이 시기가 정말 부유했다고 생각한다. 그때 받은 영감이 지금의 나를 만들었다고 할 수 있을 정도다. 각종 행사에 참석한 해외 OGs(Original Gangsters), 스트릿 댄스 스타일을 창조해내고 널리 알리는 데 한몫했던 살아있는 전설들(지금은 많이 세상을 떠났다. 락킹의 창시자

Don Campbellock, Greg Cambellock jr, 팝핑의 전설적인 인물들인 Pop N Taco, Skeeter Rabbit등)과 세계 각국의 댄서들을 직접 보고 감명받고 배울 수 있었다는 것에 감사하다. 그렇게 자연스레 스트릿 댄스와 사랑에 빠지게 되었고, 미쳐있었고 열광했다. 그래서 스트릿 댄스가 생겨난 미국 본토에 가서 그 역사를 배우고 내 몸으로 직접 느껴보고 싶었다. 음악에 대해서, 힙합 문화에 대해서 전부 직접 배우고 경험하고 싶었다.

내가 스트릿 댄스에 빠지게 된 이유를 딱 한 단어로 말한다면 'RAW'라고 할 수 있다. 즉흥의 아름다움, DJ가 무슨 음악을 틀지 모르지만, 음악이 나옴과 동시에 그 흐름에 자연스레 몸을 맡길 때의 짜릿함, 짜여있지 않고 준비되지 않아도 음악과 하나가 될 때의 그 감동적인 순간. 가끔은 공격적인 배틀로 맞서도 결국은 모두를 하나로 만드는 이 아름다운 문화. 이 모든 것이 좋았다.

처음에는 락킹(Locking)을 주 장르로 배틀 활동을 했다. 락킹은 펑크 음악에 맞춰 트월(Twirl), 락(Lock), 리오워크(Leo walk)등 펑키하고 신나는 동작을 추는 1960년도 말 미국에서 파생된 춤 스타일이다. 일 년 뒤에 팝핑(P.Funk와 G.Funk 음악 장르에 맞게 몸의 근육을 사용해 추는 락킹 바로 이후에 미국 캘리포니아에서 파생된 춤 장르. 한국에선 팝핀현준 선배님 덕분에 많이 알려진 장르이다.)과 사랑에 빠져 현재까지도 쭉 이 장르를 주 스타일로 활동하고 있다.

09

집착에서 시작된 팝핑

99 온종일 똑같은 동작만 수십 번 반복해가며
연습했다. 나는 그때 알게 된 깨달음,
그리고 성장의 희열에 아직도 중독되어있다.

크게 울려 퍼지는 사이드 드럼 소리에 팝콘처럼 튕기는 온몸의 근육들, 음악의 흐름에 맞게 몸의 부분 부분을 따로 분리하여 움직이는(isolation) 나의 온몸. 팝핑은 다양한 악기 사운드를 온몸으로 표현하는 신비한 장르다. 또한, 기술적인 능력이 중요하여 많은 연습이 필요한 어려운 장르다.

나는 이 팝핑의 '팝(POP)'이라는 테크닉을 소화하는데 적어도 2년이라는 시간이 걸렸다. 몸에 있는 근육들을 수축과 이완하면서 리드미컬하게 즉흥으로 추어야 한다. 마이클 잭슨이 많은 영감을 받은 테크닉으로 그의 퍼포먼스에 팝핑을 다른 스타일들과 많이 접목했다. '일렉트릭부갈루스(Electric Boogaloos, 팝핑을 널리 알린 세계적인 크리에이터)'의 영상을 찾아보면 팝핑이란 장르가 초창기부터 지금까지 어떻게 알려지고 진화되어왔는지 알 수 있다.

팝핑이란 장르에 미쳐서 파고든 지 16년이 되었다. 그전에는 다양한 안무와 공연에 빠져있었다면, 스트릿 댄스를 알게 되면서 락킹, 팝핑, 하우스, 힙합, 왁킹 등 다양한 장르를 배웠다. 그런데 그중에서도 팝핑이란 장르만 유독 실력이 더디게 늘었다. 2년 동안 꼬박 수업을 들으며 영상들을 찾아보고 연습에 연습을 했는데도 도저히 어떻게 근육을 컨트롤 하는지, 어떻게 몸을 신기하게 분리하며 음악에 맞게 가지고 놀 수 있는지 이해가 되지 않았다.

그 당시 나는 아주 조그마한 체격에 근육이 많지 않은 체형이

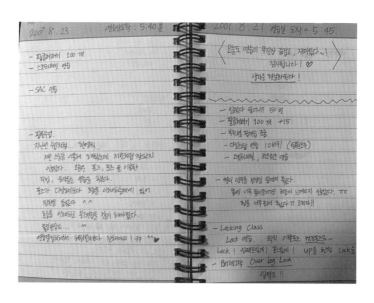

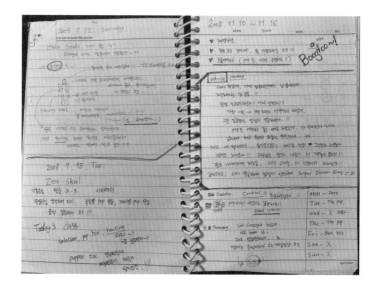

었는데, 도대체 어떻게 내가 가진 베이비 근육을 사용해서 POP 효과를 줄 수 있는지 너무 어려웠다. 스승님인 혜랑 언니 역시 작은 체구이지만 그녀가 뿜어내는 엄청난 파워와 아우라는 체격 좋은 누구에게도 뒤지지 않았다. 그런 스승님을 마냥 기다리게만 할 수 없었다. 그녀처럼, 아니 그녀보다 더 잘해서 많은 이들을 놀라게 하고 싶었다. 체구는 작고 여려 보이지만 무대에서, 배틀에서 모두를 놀라게끔 만들고 싶었다.

그렇게 팝핑에 대한 집착이 시작되었다. 온종일 똑같은 동작만 수십 번 반복해가며 연습했다. 반복적이었기에 때로는 싫증도 났지만 참고 꾸준히 몰입하며 연습했고, 쉽게 이해하기 힘들었기에 더 많은 시간과 노력을 투자했다. 그리고 팝핑을 배운 지 2년 만에 드디어 "아! 이렇게 하는 거고 이런 느낌이구나!"를 느끼게 된 순간이 찾아왔다. 그 순간에 느껴지는 희열은 크고 강력했다. 팔의 팝(POP) 테크닉을 이해하고 나니 그 뒤부터는 다른 부위의 팝도 이해가 쉬워졌다. 그렇게 테크닉을 음악과 함께 자유자재로 가지고 놀 수 있게 되었는데, 그때 그 느낌은 정말 말로 표현할 수 없을 정도로 짜릿했다. 나는 그때 알게 된 깨달음, 그리고 성장의 희열에 아직도 중독되어있다.

$$10$$

상처투성이 현실

" 하루하루가 무섭고 불안했고,
내 작은 몸으로는 우리 가족을 지킬 수 없다는
사실에, 자괴감에 빠졌었다.

아빠의 빈자리. 가질 수 없고 가져보지 못했다는 공허함. 혼자라는 쓸쓸함. 모든 것을 스스로 해결해야 했던 시간들. 엄마의 아픔을 지켜볼 수밖에 없었던 고통. 폭력, 그리고 남자에 대한 두려움. 나의 청소년기에는 정말 많은 일이 있었다. 정서적으로 불안했고 춤만이 나의 안식처, 도피처였다. 나보다 3살이 많은 언니는 항상 학교생활에 바빴고, 엄마는 어릴 때부터 홀로 두 딸을 키우느라 항상 바빴다. 고등학교 진학부터, 대학교 진학까지 많은 것을 함께 의논하고 싶었지만, 누구와도 이야기할 상대가 없었다. 예술 고등학교에 진학하고 싶었고 대학 진학도 준비해볼까 생각도 했었지만 모두 재정적으로 불가능했다. 공부라도 잘했으면 다른 방법이 있었을지 몰라도, 공부를 잘했던 것도 아니었다.

중학교 1학년 때쯤, 엄마가 가끔 상처를 입고 집에 돌아올 때가 있었다. 어린 나이에 꽤 충격이었는데, 어렴풋이 하고 있었던 짐작 그대로였다. 엄마는 그 당시 만나고 있던 남자에게 수년간 육체적으로, 정신적으로 많은 고통을 받고 있었다. 술에 취하면 폭력적으로 변하는 의처증 환자였는데, 엄마는 여러 번 도망치려 했지만 쉽게 빠져나올 수 없었다. 그 남자는 집주변 시장에서 나를 불러서 엄마를 대놓고 모욕하고 폭력을 행사하기도 했었다. 시장에는 친구들도 있었고 정말 많은 사람이 있었는데 그때만 생각하면 지금도 가슴이 찢어진다. 절대로 잊을 수 없는 사건이었다. 하루하루가 무섭고 불안했고, 내 작은 몸으로는 우리 가족을 지킬 수 없다는 사실에 자괴감에 빠졌었다. 나는 아무것도 할 수 없는 나약한 존재 같았다.

그 사건 이후에도 수년 동안 엄마는 내가 알지 못하는, 그리고 내가 이미 아는 수많은 폭력을 당했던 것 같다. 어떤 날엔 엄마의 갈비뼈가 부러진 것을 알고 경찰도 불렀지만, 경찰들은 우리의 말을 믿지 않았다. 확실한 증거가 없다며 그 남자의 말만 믿고 아무런 도움을 주지 않았다. 그렇게 몇 번의 이사와 학교에서 그 남자를 피해 도망다니는 일로 하루하루를 보냈다. 그 남자가 내가 다니던 학교로 찾아온 적도 있었는데, 주위에 친구들 있을 때도 도망 다니느라 너무 힘들고 무섭고 창피했다.

엄마, 언니와 함께 집에 있을 땐 밤에 창문으로 신발이나 물건들을 던졌고, 한번은 혈서까지 써서 우리를 협박했다. 우리는 계속 그 남자를 피해 이사를 해야 했고 몇 년간은 숨어지냈다. 어린 시절 이런 일들을 겪으면서 나도 모르게 남자에 대한 부정적인 강박관념이 생겼던 것 같다. 폭력은 성별을 떠나 어디에서도 발생할 수 있지만, 어릴 적 겪은 일들로 인해 무의식적으로 누군가를 믿지 못하는 사람으로 자란 것이 너무 슬펐다. 그래서 최근에는 이런 부분들을 정신과 상담을 받으면서 개선하고 치료하려고 노력하고 있다.

새 출발을 꿈꾸다

99 현실을 떠나 새로운 시작을 하고 싶다는
생각이 가슴 깊숙히 자리 잡았다.

그래도 너무 힘들 땐, 나도 어디론가 도망가 버리고 싶었다.

열심히, 남에게 피해 주지 않고 성실하게 살아가려고 평생 노력한 것 같은데 하늘은 계속 나에게 무겁고 날카로운 돌덩어리들만 떨어트리는 것 같았다. 하루하루를 원망하고 내 인생을 원망했다. 그렇게 존경하고 사랑하는 엄마를 원망하기도 했고, 당연히 기억에도 없는 아빠 원망도 수도 없이 했다. 아빠가 꿈에라도 나타나서 조언과 따뜻한 포옹을 해주었으면 했지만, 기억이 없으니 꿈에 나타날 리가 없었다.

살면서 딱 한 번 아빠의 목소리가 들리는 꿈을 꾼 적이 있었는데, 그때 아빠가 했던 말이 "너 지금 뭐 하고 있니? 왜 이렇게 나태해졌어? 빨리 일어나서 정신 차리고 계속 해!"였다. 내가 갈 곳을 잃은 것처럼 슬럼프에 빠져 나태해졌을 때 꿨던 꿈이었는데, 그 꿈이 너무나도 생생해서 아직도 다 기억한다. 분명 목소리만 들렸지만, 아빠의 목소리라는 걸 단번에 알 수 있었다. 사실 난 아빠의 목소리도 잘 모른다. 어릴 적 아빠가 찍어둔 테이프 속에 몇 마디가 조금 들리는데 그게 전부다.

현실을 떠나 새로운 시작을 하고 싶다는 생각이 가슴 깊숙히 자리 잡았다. 어려운 집안 형편, 창피함, 애처로움, 지킬 수 없고 아무것도 하지 못했다는 죄책감. 모든 것이 나를 힘들게 했고 세상을 떠나 증발해버리고 싶다는 어리석은 생각도 많이 했다.

포기할 수 없었던 이유

99 정답은 없다. 그냥 나는 여기 있고
나에게 가장 솔직할 뿐이다.

나는 음악과 하나가 되었을 때, 그 순간 가장 자유로워진다. 그때만큼은 모든 아픔이 사라지고 살아있음을 느낀다. 그래서 춤이란 걸 계속할 수밖에 없었던 것 같다.

지금도 나는 스스로 종종 묻는다.

"이런 아픔들이 있었기 때문에 더 발전할 수 있지 않았을까? 어린 시절 해볼 수 있는 것들이 많았다면 이 정도의 고집을 가질 수 있었을까? 포기해야 했던 순간들이 많았기 때문에, 나를 행복하게 하는 다른 길을 계속해서 모색해 나갈 수 있었던 것일까? 왜 그만두지 않고 더 쉬운 길을 가지 않았을까? 그때 나에게 더 쉬운 길이란 게 있었을까? 현실에서 빠져나와 내게 행복을 주는, 자유를 주는 것들을 찾아 몰입했던 것일까? 그냥 단순히 춤과 사랑에 빠져서 여기까지 온 것일까?"

수없이 되물었다.
정답은 없다.
그냥 나는 여기 있고 나에게 가장 솔직할 뿐이다.

새 출발을 위한 준비

" 걱정이 앞서면 할 수 있는 것도, 가능한 것도
포기해버리는 경우가 많다.
가끔은 무작정 부딪쳐 보고, 일찍이 실패하고
상처도 받고 다시 일어서 계속 도전하고 배워
나가는 게 정말 중요하다.

　　오랫동안 꿈꿔왔던 미국행을 위해 고등학교를 졸업하고 대학 진학 대신 여성 6인조 팝핀 크루로 팀 생활을 시작했다. 동시에 아르바이트를 열심히 하면서 떠날 준비를 하기로 했다. 한 달에 100만 원 조금 안 되는 돈을 벌어 대부분은 저축했고, 정말 아끼면서 생활했다. 보통 끼니는 편의점에서 해결했고 하루 종일 연습실에서 살다시피 했다. 가끔은 공연이 잡혀서 공연에 몰두했고, 서울과 지방에 있는 배틀 행사에도 열심히 다녔다. 나름 아주 즐거운 스무 살을 보냈다.. 대학은 가지 않았어도 항상 주위에 댄서 친구, 오빠 언니 동생들이 넘쳤고, 가끔은 해외에서 오는 댄서 친구들과 어울리며 영어 연습을 하기도 했다. 그렇게 고등학생 때부터 열심히 한 아르바이트로 모은 돈이 600~700만 원이 되었다. 당시에는 적지 않던 그 돈에 엄마가 조금 보태주셔서 미국행을 실현할 수 있었다. 그때가 내 나이는 만으로 20, 우리나라 나이로 21살이었다.

미국에 가는 방법에는 다양한 방법이 있다. 예체능계 유명인이나 연예인들은 보통 아티스트 비자를 쉽게 받아 가는 경우가 있는데, 한국에서 유명한 연예인이 아니라면 아티스트 비자를 한국에서부터 받기는 쉬운 일이 아니다. 그래서 나는 그 당시에 유학원/여행사의 도움을 받아 제일 받기 쉬운 방법을 택했는데, 미국 랭귀지 스쿨에 다닌다는 목적으로 받는 학생비자(F1)를 받는 것이었다. 학생비자는 보통 5년 정도의 체류 기간을 주는데, 미국 대학에 진학하거나, 단순히 영어를 배울 목적으로 단기간 미국에 방문하는 경우에 받을 수 있다.

그리고 나이가 10대거나 20대 초반 정도여야 받기가 더 쉽다. 나이가 이보다 조금 더 있거나 학교에 다니지 않는 사람들은 솔직히 학생 비자를 받기는 쉽지 않다. 공부를 목적으로 미국에 와서 자리를 잡을 수도 있다고 생각하기 때문에 쉽게 발급해 주지 않는다.

나는 솔직히 미국에 이민을 할 것인지, 유학을 갈 것인지 딱히 정해놓지는 않았었다. 그냥 무조건 미국으로 떠나서 맨땅에 헤딩해야 겠다는 마음만 있었다. 다만 랭귀지 스쿨을 통해서 영어를 공부하며 학생비자로 살다가, 춤으로 실력을 더 쌓고 경력을 쌓아서 아티스트 비자를 받아야겠다는 정도의 계획은 가지고 있었다. 하지만 그것도 아주 초반에 준비할 때는 확실히 계획하지 않은 채 그냥 마구 직진하기만 했다.

지금 생각해보면 참 어리석게 준비한 것 같으면서도 너무 많은 것들을 걱정하기 않았기에 망설이지 않고 맨땅에 제대로 헤딩하면서 직접 체험하고 느끼며 배울 수 있었던 것 같다. 뭐든지 걱정이 앞서면 할 수 있는 것도, 가능한 것도 포기해버리는 경우가 많다. 가끔은 무작정 부딪쳐 보고 일찍이 실패하고 상처도 받고 다시 일어서 계속 도전하고 배워나가는 게 정말 중요한 것 같다.

지식이 풍부하고 재능이 있는 사람들도 실패할까 두려워서, 또는 완벽하지 않을까 두려워서 하나를 시도하는 데만 몇 년을 보내는 경우도 보았다. 시간이 더디게 걸리는 것뿐만 아니라, 하다가 지치고 그만두는 경우도 너무 많다. 물론 오랫동안 제대로 준비해서 보여주는 것도 중요하지만, 인생에서 어떤 결정을 내리거나, 꿈에 한 발짝 직진하기 위해 무언가를 시도하고 도전할 때, 가끔은 많은 생각들은 일단 접고 무조건 돌진해보는 '깡다구'도 필요하다. 물론 준비도 없이 마구잡이로 달려들라는 것이 아니라 일단 제대로 똑똑하게 준비했다면, 주위에서 누가 어떤 반대를 하든지 무식하다 할 정도로 스스로를 믿고 꾸준하게 돌진해보라는 말이다. 길게 보았을 때 더 많은 깨달음과 피드백을 얻을 수 있고, 그것들이 한 단계 더 발전할 수 있는 밑거름이 된다고 생각한다.

미국으로 떠나기 위한 모든 준비는 내가 직접 했다. 엄마는 항상 너무 바빴기 때문에 어느 정도의 재정적인 도움과, 대사관에 증명할 은행 잔고 명세서 발급을 도와주었다. 엄마는 내 학창 시절을 지켜보면서 불안하기도 했지만 나름 나를 믿어줬던 것 같다. 그리고 항상 바쁘고 여건이 나빠서 지원을 많이 못 해줬다는 미안함도 있었던 것 같다. 그 당시 언니가 미대에 진학하면서 엄마는 모든 것을 언니의 입시에 투자하였고, 3살 어린 나는 항상 모든 걸 내가 알아서 해야 했다. 그때는 솔직히 원망도 많았고 그렇게 친했던 언니와도 어느 정도 사이가 멀어지긴 했지만 지금 생각해보면 참 부질없이 자존심만 내세우며 서로 상처 주는 말들만 했던 것이 너무 후회된다. 지금도 엄마는 나에게 시간적, 재정적 지원을 많이 못 해준 것에 대해 항상 미안함을 표현하면서도 혼자서 여기까지 온 나를 보면서 항상 너무 뿌듯해하고 자랑스러워한다.

내 꿈을 디자인하다

STORY 02

맨땅에 헤딩,
나 홀로 떠난 미국

$$01$$

비행기에서 흘린 눈물

" 내가 무슨 짓을 저지른 거지?
나 앞으로 어떻게 해야 하지?
이제 어떻게 새로운 삶을 개척해 나가야 하지?

'데스티네이션- 뉴욕'

5년짜리 학생비자가 붙어있는 여권, 내가 끌고 가는 게 아니라 캐리어가 나를 끌고 가는 것 같은 28인치의 큰 캐리어, 등 뒤에 맨 커다란 노란색 백팩. 그렇게 나는 한국을 떠나 미국행 비행기에 올라탔다.

뉴욕을 선택한 특별한 이유가 있었던 것은 아니다. 미국이 얼마나 큰 나라인지도 정확히 가늠하지 못했었고, 그저 그 당시 유행했던 앨리샤 키스(Alicia Keys)의 뮤직비디오와 내가 지금까지도 너무 좋아하는 드라마 〈섹스 앤 더 시티(Sex And The City〉 시리즈를 보면서 품었던 환상 덕에 바로 뉴욕을 택했던 것 같다. 나는 계획 세우는 것을 좋아하면서도 항상 자잘한 계획은 잘 까먹고는 하는데, 생각해보면 가끔 곤란한 적도 있었지만 큰 도움이 된 적도 적지 않게 있었다. 이번에도 뉴욕을 택했던 것은 너무 행운이었다. 정말 많은 스트릿 댄스 장르가 미국 다양한 곳에서 파생되었지만, 파티 문화와 내가 너무 사랑해온 힙합 문화를 몸으로 직접 접하는데 뉴욕이 정말 큰 도움이 되었다.

집에서 엄마와의 작별 인사를 마치고 공항길에 올랐다. 엄마는 많은 눈물을 흘렸었는데, 아무래도 걱정 때문에 내가 떠나고 얼마 동안은 일이 잘 손에 잡히지 않았었던 것 같다. 나는 오히려 덤덤하게, 눈물을 흘리지도 않았고 마냥 기대에 부풀어있었다. 비행기를 타기 전까지만 해도 무섭고 떨리는 느낌이 하나도 없었다. 친한 댄서 친구들이 인천국제공항까지 마중 나와서 친구들과 작별 인사를 할 때도 눈물 한 방울 흘리지 않았다. (물론 나는 내 친구들을 너무 많이 아끼고 사랑한다:))

그렇게 비행기에 올라타고 몇 시간이 지났을까? 갑자기 심장이 쿵쾅거리면서 어릴 적부터 아주 가끔 나타났던 공황이 다시 시작되었다. 숨쉬기 힘들 정도가 되면서 식은땀이 나고 속이 울렁거렸다. 너무 무섭고 두렵고 떨렸다. 그렇게 몇 시간 두려움에 떨다가 갑자기 눈물이 왈칵 쏟아졌다. 정말 오랫동안 펑펑 울었다. 옆에 앉아있던 내 또래의 여자가 이상하게 쳐다볼 정도로 너무 많은 눈물이 나왔다. 이상하게 너무 서러웠다.

도대체 왜 서러웠을까? 이렇게 열심히 준비했는데 뭐 때문에 그렇게 서러웠을까? 서러움, 두려움, 외로움, 걱정 모든 수만 가지 감정들이 한꺼번에 몰아닥쳤던 그때의 그 기분은 정말 잊지 못한다. 한국으로 돌아가고 싶었다. 내가 무슨 짓을 저지른 거지? 나 앞으로 어떻게 해야 하지? 모아온 돈이 많지도 않은데, 영어를 잘 하지도 않는데, 아는 친구들이 뉴욕에 많지도 않은데, 이제 어떻게 새로운 삶을 개척해 나가야 하지?

뉴욕에 도착하기까지 긴 시간 동안 참지 못할 정도로 너무너무 두렵고 무서웠다. 그렇게 서럽게 울다가 마음을 추스르다가 다시 울다가… 어릴 때부터 적어왔던 다이어리에 마음의 글을 적으며 비로소 내 마음을 차분하게 다스릴 수 있었다.

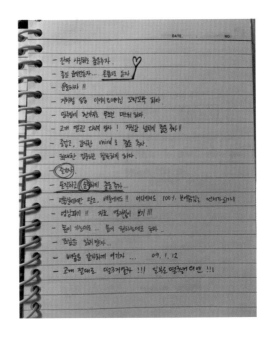

02

그곳에 오다!

" 댄스는 사람을 행복하게 해주는 힘이 있다.
세상 모든 사람이 댄스를 즐겼으면 좋겠다.
행복한 긍정에너지를 함께 누릴 수 있다면,
세상은 좀 더 나은 곳이 될 수 있지 않을까?

45th Street & Between 8th and 7th Avenue. 시끄럽게 울려 퍼지는 사이렌 소리, 새벽이 되어도 잠들지 않는 도시. 다양한 옷을 입고 다양한 생김새를 가진 사람들. 영화에서만 보던 노란색의 옐로우 캡이 정복한 정신없고 바쁜 도시. 이 도시가 주는 에너지는 정말 달랐다. 내가 21년간 서울에서 살면서 받아볼 수 없었던 색다른 에너지. 신선하기도 했고, 밝고 긍정적인 느낌의 에너지. 뭔가 말로 표현할 수 없지만 표현해야 한다면, 컬러풀하고 거침없는 느낌이었다.

뉴욕에 도착하자마자 일주일간 머문 곳은 뉴욕 타임스퀘어 중심가에 있는 한인 숙박소의 도미토리룸이었다. 나는 두 명의 한국 여행객들과 방을 함께 사용했다. 한국에 있을 때 급하게 찾은 곳이라 도미토리(dormitory, 한방에 침대 여러 개를 두고 함께 쓰는 형태)가 무슨 뜻인지도 제대로 알지 못한 채, 제일 저렴하기 때문에 구한 곳이었다. 모든 것이 낯설고 새롭고 이런저런 생각이 너무 많아져서, 첫날에는 조금 시끄러운 맨해튼 중심가의 숙소에서는 잠을 제대로 청할 수 없었다. 아니면 시차 적응이 안 돼서 그랬을까? 하루하루가 몽롱했다. 꿈을 꾸는 것 같았다.

맨해튼 미드타운 중심가를 걷다 보면 영화에서만 보던 엠파이어스테이트 빌딩도 보이고, 영화 킹콩에서 킹콩이 올라탔던 크라이슬러 빌딩도 보였다. 진짜 콘크리트 정글이 따로 없었다. 정말 기분이 이상했다. 서울에서 태어난 조그마한 여자아이, 내가 지금 뉴욕이라는 땅을 밟고 있다니… 막상 여러 가지 꿈을 안고 왔는데 혼자서 낯선

곳에 떨어져 있으니까 갑자기 너무 많은 두려움이 몰려왔다.

그래도 뉴욕에 이미 유학 와서 살고 있던 친한 댄서 언니들의 도움으로 뉴욕 적응은 순조롭게 진행되었다. 일주일간의 도미토리 생활을 마치고, 퀸스에 있는 아스토리아에 새 룸메이트를 계약했다. 언니들이 없었다면 정말 아무것도 못 했었을 텐데, 언니들 집에 놀러 가서 하루 종일 울었던 기억도 있다. 엄마와 통화하면서 내가 왜 여기왔을까 대성통곡을 한 적도 있었다. 생각도 마음의 준비도 없이 꿈과 성공하겠다는 마음 하나만 가지고 여기까지 왔는데, 막상 어디서 어떻게 시작해야 할지는 구체적으로 생각을 못 하고 그냥 정말 무식하게 온 탓이었다.

보통 아침부터 이른 오후까지는 랭귀지 스쿨에 전념했다. 영어 공부는 했어도 대화를 해본 적이 없다 보니 첫 미국 생활은 정말 많이 어설펐다. 뉴욕 사람들은 워낙 바쁘고 거침없이 있는 그대로 표현하고 말하니까 무언가를 주문했을 때도 상대방이 잘 알아듣지 못하고 하는 대답과 행동에 상처도 많이 받았다. 워낙에 내성적인 성격인데, 내가 잘 알아듣지 못한다고 성질내며 얘기할 땐 눈물이 찔끔 나오기도 했다. 미국이란 나라가 얼마나 차가울 수 있는지, 개인주의적일 수 있는지도 몸소 체험할 수 있었다. 하지만 이런 경험 때문에 더 단단해질 수 있었다. "I was able to get a thicker skin!". 얼굴에 철판도 두꺼워지고, 누가 뭐라 한들 내가 하고 싶은 대로 대범해질 수 있었다.

　　미국은 정말 자유로웠다. 내가 무엇을 입고, 어떻게 화장을 하고, 어떤 행동을 하더라도 아무도 신경 쓰지 않았다. 좀 독특한 패션으로 돌아다니면 오히려 사람들이 멋지다고 칭찬해줬다. 그렇게 다양함과 다름을 존중해준다는 것이 가장 마음에 들었다. 한국에서 살 때는 느껴보지 못했던, 내 생김새에도 더 많은 자신감과 자존감이 생겼다. 이상하게 한국에서는 내 외모에 대한 집착도 심했고 이뻐지고 싶어서 성형을 생각한 적도 있었는데, 미국에서는 워낙 칭찬도 많이 해주고, 다양함과 독특함, 그리고 개성을 워낙 중시하는 분위기 덕분에 나 자신이 있는 그대로 얼마나 가치 있고 아름다울 수 있는지도 깨달을 수 있었다. 정말 솔직하게, 지금 나의 자존감은 미국에서 찾았다. 나를 있는 그대로 더 사랑할 수 있게 해준 곳이다.

랭귀지 스쿨이 끝나면 미국에 살고 있던 댄서 언니들과 함께 미국 춤 문화를 많이 경험하고 다녔다. 이곳저곳 댄서들의 파티도 다니고, 일주일에 두세 번 있는 세션(session, 여러 댄서들과 함께 자유롭게 연습하거나 공유할 수 있는 시간을 세션이라고 한다.)에 항상 가서 새로운 댄서 친구들도 만나고 함께 연습도 했다. 너무너무 재미있었다. 특히 여러 나라에서 온 다양한 친구들을 자주 만나면서 그만큼 영어도 빨리 늘 수 있었으니 댄서인 것이 큰 장점이라 생각했다.

옛날부터 이상하게 댄서들은 물이 안 좋고 노는 사람들이라는 시선을 많이 받았다. 하지만 세상 모든 사람에게 당당하게 이야기하고 싶다. 댄서 중에는 마인드가 오픈된 사람들도 많고, 오직 춤뿐인 사람이라 오히려 순수한 사람이 많다. 나는 그런 댄서들이 있는 댄스 신 자체를 너무 사랑하고 '댄스'라는 것에 큰 의미를 부여하고 싶다. 세상 어디를 가던 나쁜 행동을 하는 사람들은 있겠지만 20년 댄스 인생을 돌아보았을 때 댄서들은 그 누구보다도 오직 댄스에 몰두한 순수한 사람들이다. 그래도 최근 많은 댄스 프로그램이 생기면서 선입견들이 사라지고 있는 것 같아서 다행이다.

댄스는 사람을 행복하게 해주는 힘이 있다. 한국뿐만이 아니라 세계적으로 정말 많은 사람들에게 긍정적인 영향을 주고 있다. 세상 모든 사람이 직업 댄서가 아니더라도 밥 먹고 운동하는 것처럼 라이프 스타일로 댄스를 즐겼으면 좋겠다. 그렇게 모두 행복한 긍정에너지를 함께 누릴 수 있다면, 세상은 좀 더 나은 곳이 될 수 있지 않을까?

내 꿈을 디자인하다

03

1달러 Pizza,
렌트비를 내기 위한 배틀

99 우승이 전부가 아니라는 것도
잘 알고 있었지만 지금 생각해보면
그때 그렇게 우승에 집착하면서
더 열심히 연습할 수 있었다.

미국의 물가는 너무 비쌌고 한국에서 열심히 일해서 모아온 돈은 너무나도 빨리 바닥이 보였다. 생활이 버거웠지만, 엄마는 힘들게 일을 하며 언니 대학자금을 모으고 있었기 때문에 엄마에게 손 벌리고 싶지 않았다. 그때 당시 내가 살던 아스토리아의 작은 방 월세는 550달러였다. 지금 생각해보면 정말 싸게 구한 방인데, 바퀴벌레도 많고 쥐도 많이 나와서 잠을 설쳤던 적이 한두 번이 아니었다. 하지만 워낙 이런저런 경험을 하며 컸기 때문에, 가격이 싸다는 이유라면 감사하게 생각하며 참고 살 수 있었다. 지금이라면? 당연히 싫다.

　　미국도 역시 한국과 다르지 않게, 스트릿 댄스 문화 안에서는 크고 작은 배틀이 아주 많이 일어난다. 한 달 방세 낼 돈이 부족해서 이런저런 한인타운 아르바이트를 알아보기도 하고, 크고 작은 배틀 행사를 다니면서 우승에 집착하기 시작했다. 같이 춤추던 댄서 친구들이 "너는 왜 이렇게 우승에 몰두하니? 그냥 즐기면서 춤을 춰~ 너무 집착하는 거 안 좋아~"라는 말을 종종 했지만 내 대답은 항상 똑같았다. "나 우승해서 우승상금으로 방세 내야 해. 안 그러면 미국에서 살 수 없어." 엄마에게 도움을 요청했다면 당연히 엄마는 뭐라도 해서 조금이라도 지원해주었겠지만, 또 이상하게 엄마에게 손 벌리기가 싫어서 고집을 부렸다. 내가 시작한 이 도전을 내 힘으로 성공해내고 싶었다.

　　하루 끼니는 1달러 피자로 때웠다. 뉴욕 거리에는 블록마다 피자 한 조각을 단돈 1달러에 파는 피자집들이 정말 많은데, 나의 점

심, 저녁을 때울 수 있는 곳이었다. 비싼 밥값을 아끼면 춤 클래스를 들을 수 있었고, 세션 비용, 배틀 참가비도 낼 수 있었다. 그땐 건강에 대한 개념도 없었다. 랭귀지 스쿨을 함께 다녔던 친구 중에는 집에서 지원을 받아서 여유 있는 친구들이 많았는데, 그 친구들이 같이 밥 먹으러 가자고 하면 항상 이런저런 거짓말을 하면서 빠져나왔다. 나도 같이 밥도 먹고 어울리면서 친해지고 싶었지만 나는 그 친구들의 상황과 다르다는 것을 항상 알고 있었기 때문에, 내가 가진 것에 맞게 열심히 내 길을 설계해 나갈 수밖에 없었다.

괜찮았다. 춤을 출 수 있다는 것이 마냥 좋았다. 힘들 때도 있었지만 주변 댄서 친구들과 춤에 대한 열정이 나를 더 활활 타오르게 해주었다. 한번은 뉴욕 브롱크스에 있는 배틀 행사에 참가하여 우승하고 우승상금을 탔다. 이겨서 우승상금으로 월세를 해결해야겠다는 목표로 눈에 불을 켜고 춤을 췄다. 상대가 미국 본토 사람이건, 여자건 남자건 LGBT건, 나이가 어리건 많건, 흑인이건 백인이건 히스패닉이건 신경 쓰지 않고 내 재량을 마음껏 내뿜었다.

우승이 전부가 아니라는 것도 잘 알고 있었고, 너무 우승만 좇다 보면 춤에 싫증을 느낄 수도 있고 가끔은 좋지 않은 방향으로 나아갈 수도 있다는 것도 알고 있었지만 지금 생각해보면 그때 그렇게 우승에 집착하면서 더 열심히 연습할 수 있었다. 물론 지금의 나는 우승보다는 나 자신과 음악에 온전히 집중하면서 100% 나만의 춤, 나의 무대로 만들 수 있다면 그것이 최고의 배틀이라고 생각한다.

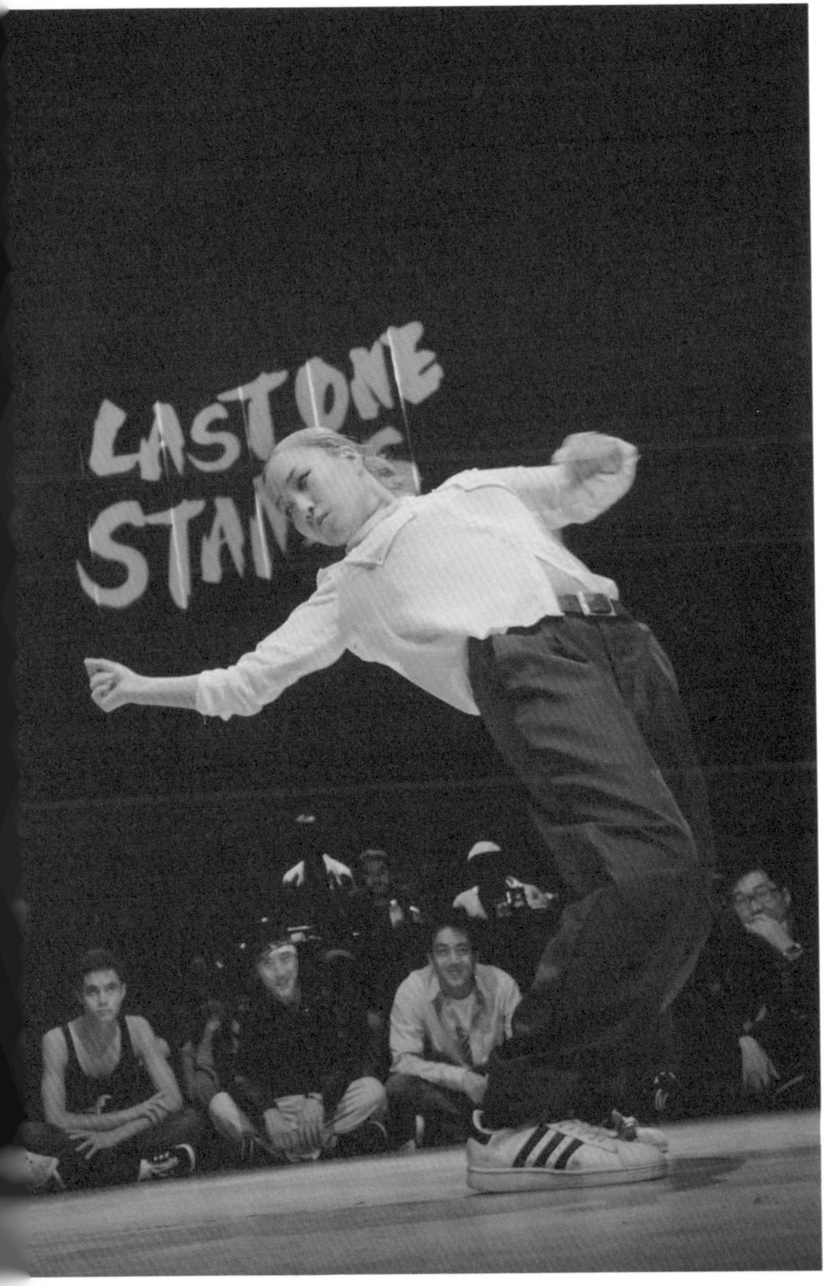
LAST ONE

배틀은 그때그때 DJ가 던져주는 음악과, 상대방, 관중들, 심사위원 등등에 따라 이기기도 하고 지기도 한다. 춤이란 것이 워낙에 주관적이어서 어느 누가 더 잘한다고 콕 집어 말하기는 어렵다. 시작한 지 얼마 안 된 사람과 오랫동안 춘 사람들의 실력은 당연히 차이가 있겠지만, 서로 다른 스타일과 취향을 가지고 있다면 정말 예측하기 어려운 결과가 나오는 것이 댄스 배틀이다. 그렇게 나는 배틀에 전념하며 이곳저곳에서 우승해서 우승상금으로 렌트 비용을 해결할 수 있었다. 조그마한 동양 여자아이가 파워풀하게 팝핑을 하는 것을 보고 미국 동부의 많은 사람들 입에 오르락내리락하기도 했다. 아마 그들에겐 내가 꽤 신선했던 것 같다.

04

Raw

99 특히나 뉴욕은 춤 세계에서는
정말 Raw 한 곳이다.
바이브 자체를 즐길 줄 알고, 따로 준비한 것
도 아닌데 함께함으로써 행복을 공유한다.
이것이 내가 뉴욕을 정말 사랑하는 이유다.

　　다듬어지지 않은 날것의 느낌, 미국에서는 영어로 정제되지 않은 느낌의 매력을 표현할 때 'Raw 하다'라는 표현을 많이 사용한다. 사전적 의미로 말하자면 잘 짜이고 다듬어짐에서 느낄 수 있는 미(美)의 정반대인, 가공하지 않은 그 자체 날것의 느낌에서 오는 아름다움에 대해 긍정적으로 표현하는 경우가 많이 있다.

　　내 생각에 미국, 특히나 뉴욕은 춤 세계에서는 정말 'Raw' 한 곳이다. 다양한 인종들, 다양한 문화가 섞여서 태어날 때부터 지닌 본연의 매력에서 아름다움과 행복을 찾고, 춤과 음악으로 하나가 된다. 뉴욕 MTA 지하철을 타도 흑인 음악가가 노래를 부르기 시작하면 즉흥적으로 주변 사람들이 춤으로 대답해준다. 그냥 그 바이브 자체를 즐길 줄 알고, 따로 준비한 것도 아닌데 함께함으로써 행복을 공유한다. 이것이 내가 뉴욕을 정말 사랑하는 이유다.

생동감 넘치는 에너지가 가득한 가공되지 않은 원석 같은 매력의 도시. 그대로 번역하자니 조금 이상한 느낌이 들긴 하지만, '날것'에서 오는 아름다움, 그 순간 그 자체의 느낌을 가장 중요하게 생각하는 내 성격과 꼭 닮은 도시다.

05

영어에 귀가 트이고
말문이 트이다

,, 아는 사람도 없고 처음 보는 사람투성이인
미국에 왔으니까 더 당당하게
오지랖을 떨어보는 것도 재밌는 일이 아닐까?
Take advantage when you can!

미국에 와서 영어에 귀가 트이고 말문이 트였을 때는 미국에 온 지 2년 정도 지났을 때였다. 하루는 꿈을 꿨는데, 내가 영어로 대화를 하고 있었다. 영어로 질문을 받고 영어로 긴 대답을 했는데 꿈에서 깨고 나서 내가 무의식중에도 영어로 대화했다는 것을 깨닫고 굉장한 희열을 느꼈었다. 나는 언어에 능숙하지도 않고, 내성적이고 말이 많은 편이 아니어서 새로운 나라에 와서 영어로 대화를 잘 할 수 있을까 걱정을 많이 했었는데, 댄서 친구들을 만나면서 자연스럽게 영어를 터득하고 다양한 악센트를 경험하면서 금방 쉽게 늘 수 있었다.

랭귀지 스쿨에는 대부분 유럽이나 아시아에서 유학 온 친구들이 많아서 다들 영어로 대화한다고 해도 조금씩 서툴렀다. 서로 틀려도 부담 없이 어설프게 열심히 대화하다 보면 말문이 조금씩 트이기도 했지만, 미국 본토에서 태어난 사람들은 워낙 다양한 억양(미국도 주마다 영어의 억양이 다 다르다)을 쓰거나 정말 빠르게 말하거나 속어(Slang)를 쓰는 경우가 많아서 그들과 대화하는 건 랭귀지 스쿨의 외국 친구들과 대화하는 것과는 차원이 달랐다.

영어를 배우기 위해 미국에 유학 온다면 랭귀지 스쿨 친구들하고만 어울릴 것이 아니라, 이곳저곳 다양한 취미를 경험하면서 미국 본토의 사람들과 친해지고 먼저 다가가 보는 것을 추천한다. 생각보다 미국인들은 서로의 사정에 참견하는 것을 좋아하기도 하고, 새로운 문화권의 사람들과 교류하는 것을 부담스럽게 생각하지 않는다. 아는 사람도 없고 처음 보는 사람투성이인 미국에 왔으니까 더 당

당하게 오지랖을 떨어보는 것도 재밌는 일이 아닐까? 세상에서 다양한 사람들이 가장 많이 사는 이곳이 아니면 어디서 그럴 수 있을까? Take advantage when you can! 나에게 맞는 유익하고 좋은 기회들을 쏙쏙 뽑아 먹는 기회주의자가 돼보는 것이다. 경험할 수 있을 때 마음껏 즐기자!

나는 댄서 친구들과 대화하며 영어가 많이 늘기도 하였지만, 시간 나는 틈틈이 미국 드라마와 영화를 보며 연습을 했다. 한국에서부터 워낙에 미국 방송에 관심이 많았던지라 아주 자연스럽게 접할 수 있었는데, 한글 자막은 절대 사용하지 않았다. 영어 자막을 항상 틀어놓고, 이해하지 못해도 계속 돌려보며 그때 그 상황 자체를 이해하려고 했다.

영어를 터득할 때 우리나라 말로 해석해가며 뜻을 이해하기보다, 나를 이제 막, 말을 배우는 갓난아기라 생각하고 무언가를 하면서, 또는 상황을 직접 느끼고 이해하면서 영어 자체로 이해를 하는 것이 영어를 배울 때 더 도움이 되는 것 같다.

예를 들어 'embarrassed'라는 영어단어를 배운다면, 한국어로 해석하여 '당황해하는, 부끄러운'이라고 외우기보다, 실제로 부끄러운 상황을 떠올리거나 아니면 부끄럽다는 느낌을 생각하면서 영어단어를 내 머리에 넣으려고 노력했다. 느낌을 단어에 입력한다는 느낌으로 공부하니 영어를 이해하면서 그 나라의 문화도 함께 이해할 수 있어서 오히려 많은 도움이 되었다. 지극히 내가 개인적으로 느낀 나만의 방법이지만, 그 나라의 문화, 농담, 제스처, 속담 등등 모든 것들은 언어와 절대적으로 상관이 있고 다른 나라의 언어를 배우고 이해하며 원어민같이 언어를 구사하는 데에 정말 중요한 요소인 것 같다.

06

브루클린 제일 위험하기로
소문난 곳에서 살아남기

> 뉴욕 지하철 노란색 Q라인의
> Parkside avenue역에서
> 도보 2분 거리에 있는 작은 아파트.
> 1년 동안 정말 많은 일들을 경험했다.

뉴욕 지하철 노란색 Q라인의 'Parkside avenue' 역에서 도보로 2분 거리에 있는 작은 아파트. 내가 1년 동안 살았던 곳이다. 퀸스의 아스토리아에서 1년 정도를 지내다가 계약이 만료되고 한국인이 관리하는 곳에 룸메이트로 들어가게 되었다.

이 동네는 브루클린에서 조금 더 안쪽으로 들어가면 나오는 '플랫부시(Flatbush)' 지역으로 오래전부터 위험하기로 소문난 곳이다. 그때 당시 나는 어느 동네가 안전하고 어느 동네가 위험한지도 잘 몰라서 한국인이 관리한다고 하니 망설임 없이 계약했다. 아파트 자체는 좀 많이 낡았고 관리가 잘 안되는 듯 보였지만 내부는 어느 정도 깔끔하게 리모델링이 되어있어서 가격 대비 괜찮다고 생각했다. 전체 방 3개, 화장실 1개 중에서 방 하나는 혼자 쓰고 주방과 화장실은 2~3명의 다른 룸메이트들과 공유하면서 렌트비는 650달러 정도였다.

위험하기로 소문난 동네인 만큼 1년 동안 살면서 정말 다양한 일들을 겪었다. 하루는 랭귀지 스쿨을 가기 위해 집을 나섰는데, 아파트 1층 아주 좁은 계단에 아기를 안고 있는 30대 정도의 여성이 마약에 취해 쓰러져서 정신을 차리지 못하고 있었다. 주변에는 오물과 배설물들이 계단을 다 뒤덮고 있었고, 아기는 옆에서 계속 울고 있었다. 정말 많이 충격적이었다. 같이 살았던 한국 관리인에게 도움을 청하여 정리했지만 이런 일들이 너무 자주 일어나기 때문에 우리가 도와준다고 해결될 문제가 아니었다. 이미 마약과 총으로 뒤덮인 동네였고, 위험한 동네는 미국 경찰들도 쉽게 처리하지 못하고 방치하기 때문에, 개선할 방법이 없었다.

또 하루는 밤늦게 연습을 마치고 귀갓길에 배가 고파서 집 옆에 있는 보데가(bodega, 미국 거리에 블록마다 있는 조그만 구멍가게. 아침에 커피와 베이컨과 달걀, 치즈가 들어간 베이글을 사 먹기도 하고 간단한 음식 주문 또는 편의점처럼 여러 물건을 사기도 한다. 아직도 가끔 그리울 때가 있다)에서 간단히 먹을 음식을 사려고 하는데 귀가 찢어질 듯 정말 깜짝 놀랄 정도의 큰 총소리가 들렸다. 이렇게 가까운 곳에서 총소리를 들어본 것은 처음이었다. 너무 무서워서 얼어붙은 채로 바로 옆에 내가 살던 아파트로 뛰어 올라간 적도 있었다. 정확히 무슨 일이었는지는 잘 모르겠지만 아침에 몇몇 블록이 경찰차로 막혀있는 것을 보고 무서워서 며칠 동안 밤에는 밖에 나가지도 않았다.

그뿐만 아니라 크고 작은 소름 끼치는 일들이 많아서, 결국에는 1년 만에 다시 퀸스로 이사하게 되었다. 이사를 결심한 결정적 이유는 빈대(bedbug)가 나와서 나갈 수밖에 없었다. 빈대는 정말 끔찍했다. 뉴욕에는 낡은 빌딩들도 많고, 레스토랑 밀집 지역에 산다면 정말 조심해야 한다. 빈대가 한번 출몰하면 없애기 정말 힘들다. 이사가 상책이다. 정말 많은 일을 경험했는데 그래도 1년이나 살았다니, 나도 참 대단한 것 같다.

뉴욕, 특히 맨해튼은 생각보다 훨씬 작아서, 맨해튼에서 집을 구해 살려면 정말 많은 돈이 필요하다. 그래서 나처럼 룸메이트들을 모아 집을 같이 공유하는 경우가 많은데, 대부분 집들이 비싼 데다가 사이즈가 정말 작아서 웬만해서는 맨해튼에서 가까운 퀸스나, 브루클린, 뉴저지 쪽으로 나와서 산다. 맨해튼 위쪽 할렘에서 살던 친구들도 아주 많았다. 나도 당연히 첫 일 주일 동안 머물렀던 도미토리 한인 숙박소를 빼고는 맨해튼에서는 살아본 적이 없다. 그런데 나중에 댄서로 어느 정도 자리를 잡고 뉴욕에 일하러 갔을 때, 회사에서 맨해튼 다운타운 중심가 비싼 호텔 방을 예약해주었다. 그때 그 기분은 정말 짜릿했다!

내 꿈을 디자인하다

07

스트릿 댄서가 느낀
커머셜 댄스의 세계

99 스트릿 댄스 세계가 그리웠다.

겨룸 속에서 모두 사랑과 함께하는 분위기를 즐

기고 함께 어우러져서 춤을 공유하는 즐거움.

나는 스트릿 세계가 더 좋았다.

나는 오랫동안 스트릿 댄스 세계에서 활동했다. 친구들과 함께 사이퍼(동그랗게 원을 만들어서 댄서 한 명씩 자기 재량을 마음껏 뽐내는 것. 모두 다 프리스타일, 즉흥 댄스로 진행된다)를 하면서 프리스타일로 추는 것을 즐기고, 배틀에 참가해 기량을 뽐내고 이기기도, 지기도 하면서 겨루는 것을 즐긴다.

내가 처음에 뉴욕에 왔을 때 자주 갔었던 댄스 스튜디오는 아주 유명해서 모두가 알고 있는 '브로드웨이 댄스 센터(Broadway Dance Center)'이다. 뉴욕 타임스퀘어 근처에 있는데 전 세계 많은 사람이 비자 프로그램을 통해 다양한 수업을 들을 수 있는 댄스학교라고도 할 수 있다. 이 센터에는 따로 랭귀지 스쿨을 다니거나 대학교에 다니면서 비자를 받지 않아도 되는 브로드웨이 댄스 센터 비자 프로그램이 있는데, 나도 이 프로그램을 통해서 미국에 오고 싶었지만 재정적으로 조금 더 여유가 있어야만 했기에 이 방법으로 미국에 오기는 어려웠다. 수업료도 비쌀뿐더러 많은 클래스를 수강해야 비자를 유지할 수 있어서, 하루에 정말 많은 수업을 꼬박 들어야 한다. 나는 스트릿 댄스에 더 많은 시간을 투자하고 싶었고 재정적인 상황이 부족하여 다른 방법을 택했을 뿐, 내 주변의 정말 많은 댄서 친구들은 브로드웨이 댄스 센터를 거쳐 갔다.

커머셜 댄스 세계는 신기했다. 일을 많이 하는 안무가, 유명한 안무가의 눈에 띄기 위해 많은 댄서가 야생에서 이를 가는 야생마처럼 살기 가득한 기운을 내뿜고 있었다. 물론 나의 개인적인 경험이지만 나는 센터에서 유명 안무가의 수업을 들을 때마다 춤을 배우러 가는 것이 아니라 싸움을 하러 가는 기분이었다. 사람이 너무 많아서 키가 작은 나는 선생님을 볼 수도, 빠르게 캐치하고 춤을 출 수 있는 공간도 많지 않아서 스트레스만 받고 나온 적이 허다했다. 그럴 때면 돈을 허비하는 것 같다는 생각에 가끔은 인지도는 별로 없지만, 실력이 아주 좋은 선생님들을 골라서 평화롭게 수업 듣는 것을 즐기곤 했다.

인지도가 높고 내가 좋아하는 스타일의 안무가의 수업을 들었던 적이 있었는데, 넓은 스튜디오였지만 70명이 넘는 학생들이 수업을 들으려니 수업이 시작되기 전에 문 앞에 바짝 있어야만 앞자리에서 수업을 들을 수 있을 정도로 시작 전부터 기 싸움이 장난이 아니었다. 수업이 시작되고 선생님을 열심히 따라 하는데 옆에서 춤추던 친구가 턴을 하는 동시에 나를 아주 세게 후려쳤다. 너무 아팠는데 그는 나를 친 것을 알면서도 미안하다는 말은커녕 무시하고 계속 수업을 들었다. 수업이 끝나고 말을 하여 사과를 받았지만, 그때 깨달았다. 내 성격상 이런 곳에서 기 싸움을 하며 춤추기 싫었다.

스트릿 댄스 세계가 그리웠다. 배틀을 할 때도 서로 겨루지만, 이 겨룸들 속에서 모두 사랑과 함께하는 분위기를 즐기고 누가 잘 나가던 잘 나가지 않던 함께 어우러져서 춤을 공유하는 즐거움. 나는 서로 견제하며 누가 잘 추나 누가 옷을 잘 입었나 평가하지 않는 스트릿 세계가 더 좋았다. 예의 없는 사람들은 어디에나 존재하고 스트릿 세계에도 정말 많겠지만 누군가에게 잘 보여서 성공하는 것이 아닌, 그

내 꿈을 디자인하다

냥 즐겁게 춤을 추면서 서로에게 배우고 공유하면서 내 춤으로 성공하는 그런 댄서가 되고 싶었다.

물론 커머셜 댄스 세계도 정말 멋있다. 하지만 나는 매일같이 수업에서 잘 보이기 위해 돈을 내면서 야생에 나가 싸울 성격이 되지 못한다는 것을 깨닫고, 정말 마음에 드는 선생님이 아닌 이상 더는 유명 안무가를 찾아다니며 수업을 들으러 가지 않았다. 뉴욕에는 정말 많은 실력파 댄서들이 곳곳에서 수업하고 있다. 잘 찾아보니 유명 스튜디오가 아니더라도 90분 동안 꽉 차게 배울 수 있는 곳이 많이 있었다.

물론, 이건 정말 지극한 나의 몇 개월 동안의 경험이었을 뿐, 브로드웨이 댄스 센터는 정말 멋진 안무가들과 댄스 선생님들이 퀄리티있는 수업을 하는 센터로 미국에 춤으로 유학을 준비하고 있다면 꼭 한 번은 수업을 들어보라고 추천하고 싶다. 나 또한 아티스트 비자를 받은 뒤에 브로드웨이 댄스 센터에서 팝핑 강사로 수업도 해보았고, 아직도 정말 많은 댄서 친구들이 좋은 수업을 진행하고 있다.

08

미국에서
첫 뮤직비디오 촬영

99 너무 재미있어서
물 만난 물고기가 된 기분이었다.
이곳이 바로 내가 있어야 할 자리인 것 같았다.

갑작스럽게 친구로부터 캐스팅 연락을 받았다. 많이 알려지진 않았지만, 덴마크의 팝그룹인 'Infernal'이 뮤직비디오 촬영을 위해 댄서들을 캐스팅한다는 연락이었다.

나는 학생 신분이라 미국에서 돈을 벌 수 있는 신분이 아니었지만, 무작정 가서 나라는 존재를 보여주고 싶었다. 보수가 얼마인지도 몰랐고, 그때는 가능한 모든 것들을 다 경험해 보고 싶었다. 또 나중에 아티스트 비자를 받기 위해서라도 많은 경험이 필요했기 때문에 기회가 있으면 무조건 하려고 했다.

캐스팅은 오디션과 다르게 한 명씩 캐스팅 룸에 들어가 자신을 간단하게 소개하고, 캐스팅 디렉터의 지시에 맞춰서 아주 짧게 개인 기량을 보인다. 모든 캐스팅은 카메라로 촬영되고, 뮤직비디오 감독과 클라이언트들은 이 영상들을 보고 누가 뮤직비디오를 촬영할 댄서인지 결정하게 된다. 단체 오디션보다 시간이 아주 짧게 걸리기 때문에 나는 보통 캐스팅을 선호하는 편이다.

첫 캐스팅 땐 캐스팅 현장에 혼자 찾아갔다. 빌딩에 들어갔을 때는 너무 떨렸는데 프리스타일은 나의 주특기이기 때문에 춤출 때만큼은 너무 재미있었고, 전혀 떨지도 않았다. 캐스팅을 보고 하루가 지난 뒤 바로 연락을 받았다. 내 인생 처음으로 미국에서의 첫 뮤직비디오 촬영이라니 너무 들뜨고 행복했다.

내 꿈을 디자인하다

미국에서는 일할 때마다 계약서와 세금 보고 파일을 작성해야 하는데, 나는 학생 신분이라 돈을 받을 수 없어서 미국인 친구의 도움을 받아 서류를 작성했다. 그때 받았던 금액은 150달러. 워낙 작아서 세금 보고를 할 필요도 없는 금액이었다. 지금 생각해보면 절대 이 정도 돈만 받고 촬영하면 안 되는 거였는데, 그때는 아티스트 비자를 받기 위해서 많은 자료가 필요했기 때문에 불평하지 않고 촬영에 들어갔다.

그리고 그때는 너무 가난해서 종일 촬영하고 150달러를 받는 것도 대단히 크게 느껴졌다. 지금은 댄서들에게 절대 적은 돈만 받고 일을 하지 말라고 당부하고 싶다. 우리가 계속 이런 일을 허락할수록 많은 댄서들이 정당한 대가를 받고 활동하기 어려워진다.

촬영은 아침 일찍부터 시작됐다. 메이크업과 헤어 아티스트들과 스타일리스트, 뮤직비디오 감독 등등 정말 많은 사람이 세트장에 있었는데, 세트장의 여러 장소를 섭외해서 다양한 신(scene)을 찍을 수 있게 되어있었다. 모든 진행이 신선하고 재미있었다. 메이크업을 받는 것부터 옷도 입혀주는 대로 입고, 헤어와 모든 스타일링을 관리해주고, 촬영 틈틈이 옷매무새와 헤어메이크업도 고쳐주고 땀을 닦아주는 것까지 모든 것들이 재미있었고 스타가 된 기분이었다.

세트장의 조명, 곳곳에 배치되어있는 카메라. 그리고 감독의 지시… 이 모든 것들이 너무 재미있어서 물 만난 물고기가 된 기분이었다. 이곳이 바로 내가 있어야 할 자리인 것 같았다. 온종일 그렇게 세트장을 옮겨 다니며 촬영을 해서 몸도 힘들었고 춤도 많이 추느라 피곤하긴 했지만 모든 순간순간이 행복했고, 감사했다.

09

Hitting,
뉴욕 스트릿 문화의 꽃 버스킹

99 뉴욕은 버스킹으로 온갖 다양한 아티스트들이
가득하다. 다양한 문화권 속 사람들이 자기가
갈고닦아온 재능을 마음껏 펼친다.
그 모습이 너무 아름다웠다.

한 번이라도 미국 뉴욕을 여행해봤거나 유학해보았다면, 뉴욕에서 버스킹이 얼마나 자주 열리는지 알 것이다. 맨해튼 14번가 유니온스퀘어, 타임스퀘어처럼 광장에서 자주 일어나기도 하지만 더 빈번히 일어나는 곳은 뉴욕 지하철 MTA 안이다.

뉴욕은 겨울이 되면 정말 상당히 춥고 눈도 많이 내린다. 그래서 지하철역의 지하도뿐만 아니라 전동차 안에서도 버스킹이 정말 많다. 그때 함께 연습하고 어울리던 댄서 친구들이 정말 많았는데, 그 친구들의 부탁으로 나도 지하철 버스킹을 시작했다. 미국에서는 지하철에서 춤을 추며 돈을 버는 것을 '히팅(hitting)'이라고 불렀는데, 시간 날 때마다 하루에 짧게는 2시간, 길게는 6시간까지 친구 두세 명과 함께 히팅을 했다.

제일 편하고 돈을 많이 벌 수 있었던 라인은 A, D 열차 59번가 콜럼버스 써클에서 125번가까지 가는 급행열차였는데, 급행열차기 때문에 59번가에서 125번가까지 직통으로 총 10분 정도가 걸린다. 시간이 길어서 우리가 춤을 출 시간도 넉넉했고 돈을 걷을 시간도 충분했다. 그리고 사람들을 집중시키기에도 충분한 시간이었다.

나는 한국에 있을 때부터 혜랑 언니의 도움으로 춤출 때만큼은 얼굴에 철판을 깐 것처럼 자신 있게 추는 자세를 배웠다. 혜랑 언니는 가끔 연습이 끝나고 팀원들을 데리고 동대문 길거리에서 춤을 췄다. 아무도 보지 않아도, 아니면 많은 사람이 모이더라도, 얼굴에 철판을 깔고서 그동안 갈고닦았던 실력을 마음껏 발휘하길 바랐다. 그렇게 자주 많은 사람 앞에서 준비가 되었든 안되었든 부끄럼 없이 춤을 췄다. 그 기억들이 도움이 됐을까, 나는 히팅을 하면서도 나 자신에게 제대로 집중할 수 있었다.

사람들은 신기해했다. 조그마한 동양인 여자아이가 파워풀하게 팝핑을 하는 걸 보고 놀라기도 했고, 즐거워서 함께 추기도 했다. 춤추는 동안은 너무 자유로웠다. 흔들리는 전동차 안에서 밸런스를 잡는 연습처럼, 그동안 하고 싶었던 콘셉트들을 섞어서 추기도 하고 음악을 자주 바꿔가며 음악에 맞게 분위기를 바꿔 추기도 했다. 그렇게 같이 히팅을 하는 두 명의 친구들과 번갈아 가며 프리스타일로 춤을 췄다. 보통 하루에 두 시간 정도 59번가와 125번가를 오가며 춤을 췄고, 춤이 끝나면 모자로 돈을 걷었다. 보통 한 사람당 1~5달러 정도를 주지만 가끔 운이 좋을 때는 20달러 지폐를 받기도 했다. 그렇게 두 시간을 하고 나면 한 명당 50~100달러 정도를 가져갈 수 있었다.

히팅이 끝나면 근처 스타벅스에 들어가 그동안 걷었던 돈을 세어서 친구들과 정확하게 나누어 가졌다. 하루는 우리가 스타벅스에서 1달러짜리 지폐를 세며 앉아있었는데, 어떤 사람이 와서 "are you guys strippers?" 우리한테 스트리퍼냐고 물었다. 그때 친구들과 한참 동안 웃었던 기억이 있다. 우리는 모두 아주 편한 트레이닝복 차림이었는데, 솔직히 말해서 그들이 왜 그렇게 생각했는지는 이해할 수 없는 일이다.

시간 날 때마다 히팅을 했다. 어느 정도 용돈벌이를 할 수 있는 것 같아서 좋았고, 연습을 하는 것 같아서 더더욱 좋았다. 그런데 몇 달 정도 하던 히팅을 그만두게 된 사건이 있었다. 미국 MTA에는 허가받지 않은 히팅을 제재하는 사복 경찰들이 많이 있다. 그날도 히팅을 하러 전동차에 스피커를 들고 들어섰는데 평상복을 입은 백인 남자가 우리에게 경찰 배지를 보여주며 춤을 추지 말라고 경고를 해주었다. 다행히 착한 경찰이 우리가 일을 벌이기 전에 경고해준 것이다. 만약 일을 벌이고 나서 경찰이 우리를 보았다면 아마 구속되었을지도 모른다. 그리고 그때 나의 신분으로 구속이 되었다면 당연히 바로 한국행이었을 것이다. 그땐 운이 좋았지만, 히팅은 접을 수밖에 없었다.

뉴욕은 버스킹으로 온갖 다양한 아티스트들이 가득하다. 어떻게 보면 이런 숨어있는 아티스트들 덕분에 뉴욕 생활이 너무 즐거웠다. 브루클린을 가도 퀸스에 가도 정말 다양한 문화권 속 사람들이 자기가 갈고닦아온 재능을 마음껏 펼친다. 그 모습이 너무 아름다웠다. 마약에 취해서 돈을 요구하는 사람들도 천지지만, 아티스트들이 자기 재능을 펼치며 돈을 요구하면 양껏 베풀고 싶어진다. 돈이 없었을 때는 자주 그러지 못했지만, 지금의 나는 버스킹을 하는 사람들을 보면 가지고 있는 현금으로 마음껏 베풀곤 한다. 앞으로도 더 많은 아티스트들이 어디에서든 재능을 펼치고 이름을 알리고, 자기 자신의 길을 맘껏 펼쳤으면 좋겠다.

내 꿈을 디자인하다

10

태양의 서커스,
단돈 300달러의 도전

> 가진 것이 없을 때 도전하면 잃을 것도 없다.
> 또, 얻는 것이 너무 많기에
> 실패하더라도 잃는것이 아니다.
> 경험은 모두 얻는 것이다.

사실 내가 무식하게 미국 땅을 밟았던 것이 처음이 아니었다. 한 번 더 있었다. 2013년쯤 정확히 기억나지는 않지만 내 잔고는 항상 바닥을 보이고 있었고, 종일 시간이 날 때마다 노트북으로 오디션 정보가 있는지, 그런 정보들이 어느 웹사이트에 올라오는지도 모른 채 그냥 무작정 검색했었다.

그러다가 하루는 〈태양의 서커스(Cirque du soleil)〉라는 정말 유명한 서커스 회사에서 댄서 오디션을 한다는 정보를 찾게 되었다. 오디션 장소는 미국 남부 플로리다에 있는 올란도. 한 번도 가본 적이 없는 곳이었지만 무섭지 않았다, 오히려 태양의 서커스 무대에서 춤을 추는 내 모습을 그리면서 희망에 부풀어 올랐다. 빨리 내 모습을 보여주고, 알리고 싶었다. 자신감이 넘쳐서 당장 항공권을 구매했다. 그때 내 잔고는 300달러가 전부였는데 비행기 예매에 150~200달러 정도를 썼다. 지금 생각해보면 정말 생각 없이 일을 밀어붙였던 것 같은데, 다른 사람들에게는 추천하고 싶지 않다. 꿈을 가지고 뛰어드는 것도 정말 중요하지만 진짜 정말 돈이 없는데 질러버렸기 때문에, 운이 좋지 않았다면 길가에 나앉았었을지도 모른다.

그렇지만 나는 정말 운이 좋았다. 댄서들은 어디를 여행하더라도 다른 댄서들과 아주 쉽게 연결이 된다. 2012년부터 시작했던 인스타그램과 페이스북에 올란도에 간다는 글을 올렸는데, 그 글을 보고 올란도에 사는 한국계 미국인 친구와 연락이 닿아, 친구의 집에 머물 수 있었다. 나와 같은 팝핑을 하는 한국 친구로 우리는 쉽게 친해질 수 있었다. 친구의 도움으로 올란도에서 워크숍까지 진행했다. 그 당시에 배틀을 많이 해서 미국에서 약간의 인지도가 있었는데, 많은 친구들이 내 워크숍을 들으러 왔고, 조금의 생활비도 벌 수 있었다. 그렇게 너무 운이 좋았던 올란도 여행이 시작되었다.

올란도에 도착하고 하루 뒤 태양의 서커스 오디션이 있었다. 오디션장에는 미국 전역에서 정말 다양한 사람들이 왔다. 재즈, 발레, 힙합 등 다양한 장르의 댄서들이 너무 많아서 몸을 풀 곳도 쉽게 찾지 못할 정도였다. 오디션은 안무가에게 안무를 30분에서 1시간 정도 배운 뒤 번호 순서대로 5명 정도씩 함께 오디션을 봤다.

댄서들은 춤을 총 두 번 추는데, 앞줄과 뒷줄에 있는 댄서들의 자리를 한 번씩 바꿔줌으로써 공평하게 심사를 진행한다. 그렇게 추고 나면 그 자리에서 바로 합격자 이름을 부르기도 하고, 안무 오디션이 다 끝나고 합격자 명단을 부르기도 한다. 일단 안무 오디션은 무난히 합격했다. 다음에는 합격한 댄서들 한 사람씩 순서대로 프리스타일을 추게했다.

프리스타일 라운드는 지정된 콘셉트를 던져주고 그 콘셉트에 맞게 춤을 추는 것이다. 예를 들어 콘셉트가 "water"라면 물의 느낌을 제각기 우리가 가지고 있는 춤의 색깔로 표현해야 했다. 아마도 태양의 서커스는 연기와 표현을 중시하는 공연이기에 그 점을 중점적으로 보려고 했던 것 같다. 하지만 프리스타일은 내 특기이다. 물론 누군가

의 안무를 배우고 추는 것도 제일 처음 춤을 배울 때부터 익숙했던 방식이었기 때문에 나는 모든 오디션에 자신이 있었고 최종 합격하였다.

하지만 최종 합격이 되었어도 바로 태양의 서커스 무대에 바로 설 수 있는 것은 아니다. 태양의 서커스는 전 세계 각지에서 Ka, Michael Jackson One, LOVE, O 등등 정말 다양한 테마로 진행하고 있다. 그 쇼들에는 많은 서커스 아티스트와 댄서들이 필요하고, 아무래도 난도 높은 기술을 보이는 쇼기 때문에, 예상치 못한 아티스트들의 부상과 스케줄 변동에 대비하여 태양의 서커스는 그들의 마음에 드는 댄서와 아티스트들을 많이 확보해 놓는다.

오디션에 합격한 후 정말 너무 행복했다. 그때는 곧 태양의 서커스와 일을 할 수 있을 것 같아 아주 많이 들떠있었는데, 아주 허무한 이야기지만 그 이후로 오로지 오디션을 통해서 태양의 서커스의 무대에 선 일이 9년 동안 단 한 번도 없었다. 다시 말해 오디션 합격 후 태양의 서커스에서는 단 한 번도 연락이 오지 않았다.

하지만 나는 태양의 서커스와 2번의 공연을 했다. 짧은 기간의 계약이었지만, 한번은 모나코에서, 또 한번은 안도라의 무대에 참여하였다. 그들과 일할 수 있었던 것은 오디션 때문이 아니라, 결국 아는 사람을 통해서, 또 소셜미디어를 통해서 나의 미국 크루가 알려지면서였다. 요즘은 소셜미디어와 인터넷의 발달로 특별히 오디션을 보지 않더라도 큰 회사와 일할 기회가 훨씬 더 많아졌기 때문에, 오디션도 많이 사라지는 추세다. 태양의 서커스 무대에 직접 오르기 전까지 아주 오랫동안 기다림의 연속, 그리고 허무함의 연속이었다. 하지만 나는 두 번째 무식한 도전을 절대 후회하지 않는다. 이렇게 젊을 때 아니면 언제 이런 도전을 해볼까? 가진 것이 없을 때 도전하면 잃을 것도 없다. 또, 얻는 것이 너무 많기에 실패해도 실패하더라도 잃는 것이 아니다. 경험은 모두 얻는 것이다.

내 꿈을 디자인하다

11

건강한 질투심,
새로운 각오

" 반드시 저 무대에 내 두 발이, 내 몸이
아름답게 움직이고 있는 것을 그리겠다고.
많은 사람이 환호하는 것을 계속 계속
상상하며 꿈을 그려나가겠다고 각오했다.

So You Think You Can Dance. 한국에서는 〈유 캔 댄스〉라는 이름으로 유명한 오디션 방송이다. 처음 이 프로그램을 접한 것은 12살쯤이었다. 친구들이 한국 예능을 볼 때 나는 미국 방송 채널에서 여러 다양한 프로그램을 자주 시청했다. 그렇게 어릴 때부터 조금씩 미국에 대한 환상을 키우며 큰물에서 댄서로 성공해야겠다는 꿈을 항상 품고 있었다.

미국에 와서 〈유 캔 댄스〉 오디션을 뉴욕에서 한다는 뉴스를 들었을 때, 정말 심장이 멎는 것 같은 기분이었다. 오디션에 반드시 참가하고 싶었지만 걸리는 것이 있었다. 학생 신분이었기에 일을 할 수도, 미국 TV 프로그램에 출연할 수도 없었다. 무조건 미국인이거나, 미국에서 일을 할 수 있는 자격이어야 TV에 출연할 수 있다. 당연히 댄서들 사이에서는 〈유 캔 댄스〉 오디션이 미국 전역에서 열린다는 소문이 아주 빠르게 전파되었고 내 주변 댄서 친구들은 물론이고, 내가 뉴욕에 처음 왔을 때부터 절친이 된 한국인 댄서 언니도 당연하게 오디션을 신청했다.

언니는 나보다 1년 전에 뉴욕에 들어와서 살고 있었고 나와 같은 팝핑 장르를 정말 잘 추는 댄서다. 한국에서부터 알고 지냈지만 제대로 친해지게 된 것은 뉴욕에 오면서부터였다. 서로 비슷한 점이 많아서 깊이 친해질 수 있었고 내가 처음 뉴욕에 왔을 때 정말 많은 도움을 준 정말 감사하고 아주 많이 사랑하는 언니다. 언니는 당시 아티스트 비자를 발급받았기 때문에 오디션 참가 자격이 있었다. 아티스트 비자가 있으면 미국에서 춤으로 돈을 벌 수 있다. 그렇게 언니는 처음 온라인 심사 합격부터 프로듀서 오디션을 통과하고 TV 촬영 오디션까지 하게 되었고, 나는 언니의 오디션장에 따라가서 응원할 수 있었다.

그때 내 기분은, 솔직히 얘기하자면 너무너무 부러웠고 어린 마음에 저 무대에 내가 서고 싶다는 질투심이 가득했다. 10년 넘게 꿈꿔온 무대인데, 나는 무대에 설 수조차 없는 상황이라니 눈물이 차올랐다. 언니가 자랑스러웠고 너무너무 멋있었는데, 차마 계속 응원하며 보는 것이 힘들었다. 지금까지 언니한테는 이런 이야기를 해본 적은 없다. 나는 여전히 언니를 너무 존경하고 자랑스러워하고, 지금까지도 서로를 많이 아끼며 도움을 주고받고 있다. 지금 생각해보면 아주 건강한 질투심이었다고 생각한다.

그때 그렇게 나의 어린 마음에 뜨거운 불이 붙었고 질투심을 느끼며 각오를 다졌다. 반드시 아티스트 비자를 따서 저 무대에 내 두 발이, 내 몸이 아름답게 움직이고 있는 것을 그리겠다고. 많은 사람이 환호하는 것을 계속 계속 상상하며 꿈을 그려나가겠다고 각오했다.

12

내 얼굴이
뉴욕 타임스퀘어에

99 광고는 내가 생각했던 것보다 더 크게,
세상 곳곳에 걸렸다.
이 경험이 나의 커리어에 큰 도움이 되리라는 것
을 알고 있었기에 매우 뿌듯했다.

절대 잊을 수 없는 첫 커머셜(Commercial, 광고) 경험은, 이번에도 마찬가지로 아는 지인의 소개로 'Fitbit'이라는 스포츠 시계 CF 광고에서 메인 댄서를 구한다는 정보를 전달받았다. 그때도 나는 학생비자 신분이었지만, 역시 막무가내로 돌진하는 성향으로 무작정 이력서와 댄서 포트폴리오 사진(headshot)을 캐스팅 에이전시에 제출하였다.

제출한 지 얼마 되지 않아 바로 에이전시에서 연락이 왔다. 메인 댄서로 고용하고 싶다는 내용과 함께 비행기 예매를 위한 내 정보와 피팅을 위한 사이즈도 물어보았다. 촬영이 서부 샌프란시스코에서 진행되기 때문에 이것저것 예약을 위한 서류들을 받고 제출해야 했다. 이 과정에서 그들은 내가 미국에서 일할 수 없는 신분임을 알게 되었지만, 나를 무척 마음에 들어 하며 이것저것 방법을 생각해내려 했다. 이 광고가 non union*으로 아티스트가 노동에 대한 대가를 적절하게 보호받을 수 없는 적은 보수의 광고였기 때문에 비행기 예약과 적은 금액의 출장비(per diem)로 호텔과 식비 정도만 받고 광고를 촬영하는 방안을 제안했다.

정말 큰 광고 출연 기회였기 때문에 보수를 제대로 받지 못하는 것에 개의치 않고 제안을 받아들였고, 그렇게 내 미국 생활 처음으로 미국 전역과 전 세계로 나가는 큰 광고를 찍게 되었다. 광고는 야외에서 촬영했는데, 촬영감독과 많은 카메라 감독들, 그리고 탤런트들을 관리하는 프로덕션 팀까지 모든 것이 너무 신기하고 신선했다.

* 미국에는 대부분의 광고, 영화, TV 관련 일들이 'Union'과 'Non Union'으로 나뉜다. 'Union job'
은 노동자(아티스트)들이 노동조합 아래 보호를 받으며, 일한 만큼, TV에 나온 만큼 확실하게
돈을 받을 수 있다, 광고의 경우에는 광고가 TV에 나올 때마다 평생, 아니면 정해진 기간 내 재
방송료를 계속 받을 수 있다. 반대로 'Non Union job'은 조합에 소속되지 않았다는 뜻으로 각
프로젝트에 따라서 급여가 정해지고, 아티스트가 급여에 동의하면 그만큼의 돈을 받을 수 있
다. Union job을 많이 할수록 조합에 가입할 자격이 주어지고 가입 후에는 더 많은 혜택과 영
화, TV 프로그램, 큰 광고와 같은 큰 프로젝트들을 받을 수 있게 된다. 하지만 까다로운 부분이
있는데, 댄서들은 영화나, 특정 댄스 TV 프로그램이 많지 않기 때문에 조합에 소속되지 않는
것을 선호하는 경향이 있다. 조합에 가입하게 되면 가입비용도 만만치 않을뿐더러 Non union
일을 할 수 없게 되는 경우가 많기 때문이다. 나는 현재 Non Union 상태를 지속하고 있다.

flow

촬영은 생각보다 아주 금방 끝났고, 몇 달 뒤에 내 모습이 나오는 광고를 TV, 길거리, 인터넷, Target(미국 대표 대형마트) 등등에서 볼 수 있었다.

처음 광고가 나왔을 때, 정말 많은 친구들이 사진을 찍어 보내주었다. 다들 나보다 더 즐거워하며 기뻐했고, 얼마 동안은 TV에서 춤추는 저 여자가 나라는 것을 실감하지 못할 정도로 어안이 벙벙했다. 사진으로 남겨두진 못했지만 내 친구는 타임스퀘어 큰 전광판에서도 내 모습을 볼 수 있다고 했고, 미국이 아닌 싱가포르에서 내 광고를 찍어 보내준 싱가포르 댄서 친구도 있었다.

광고는 내가 생각했던 것보다 더 크게, 세상 곳곳에 걸렸다. 비록 돈을 받지 못한 것은 조금 슬프긴 했지만 그래도 이 경험이 나의 커리어에 큰 도움이 되리라는 것을 알고 있었기에 매우 뿌듯했다. 내 친구들은 아직도 내가 엄청난 금액을 받고 이 광고를 찍었다고 생각하고 있다. 하하.

13

댄서의 꿈을 향해
아티스트 비자를 받다

❞ 누군가 도움이 필요할 때
그들에게 쉽게 손 내밀어 줄 수 있는
그런 아티스트가 되고 싶다.

이렇게 애타게 기다려본 적이 언제였는지 내 생일도 이렇게 목 빠지게 기다리지 않았는데, 비자가 발급되기까지 정말 애타는 하루하루를 보냈다.

친하게 지냈던 언니의 아티스트 비자 합격 소식에 나 또한 서둘러 아티스트 비자 준비를 시작했다. 그동안 조금씩 모아놓았던 돈과 각종 대회, 배틀에서 받은 수상 경력들, 한국에서 활동했었던 짧은 뮤지컬 댄서 경력 등을 모두 열심히 모아서 언니를 담당했던 한국계 미국인 변호사를 소개받았다. 처음 비자 발급을 진행할 때는 아는 것이 전혀 없어서 어디서부터 어떻게 준비해야 할지 막막했는데. 다행히 좋은 변호사를 만난 덕분에 믿고 조금 더 쉽게 준비할 수 있었다.

아티스트 비자는 'O1 비자'로 extraordinary ability라고도 부르는데 과학, 예술, 체육 분야에 뛰어난 우수성을 보유한 예술인, 특기자가 받는 비자다. 뛰어난 우수성을 확인해야 하므로 많은 수상 경력과 미디어에 나온 사례로 입증해야 하는 쉽지 않은 비자다. 외국인 댄서 친구들이 이 비자를 받아서 댄서로 일하면서 미국에 거주하는 경우를 많이 봤는데, 들어보니 어떤 사람은 힘들게 받기도 하고, 어떤 사람은 쉽게 받는 경우가 있다고 했다.

'댄스'를 종이에 글로 써서 입증하라니 정말 말도 안 되는 것 같지만, 그래서 최대한 많은 수상 경력이 필요했다. 수상 경력 말고도 같이 일한 경험이 있거나 그 분야에 오랫동안 몸담은 전문가들에게 추천서도 받아야 하는데, 보통은 안전하게 10~15명 정도 받아서 같이 제출해야 한다. 나는 이 추천서를 받는 것이 제일 힘들었다. 유명하고 훌륭한 입지를 가진 댄서들, 안무가들, 연예인들을 찾는 것도 쉬운 일이 아니었지만, 무척이나 바쁜 사람들이라서 그들이 시간을 내어 추천서를 써주고 사인까지 하는 것이 쉬운 일은 아니었다.

다행히 많은 사람이 자기 일처럼 기쁘게 도와주었지만, 정신없이 바쁜 사람들은 승낙하고도 추천서를 못 해주는 일도 있어서 부탁하는 처지에 계속 요구하기도 힘들었다. 그래도 운 좋게 많은 사람이 도와주었는데, TV를 통해서 유명해진 댄서, 안무가들뿐만 아니라, 팝핑의 레전드인 Popin' Pete, Mr. Wiggles 그리고 힙합 댄스의 창시자이자 레전드인 Buddha Stretch한테도 추천서를 아주 쉽게 받을 수 있었다. 그들은 자신이 도움이 될 수 있다는 사실에 매우 기쁘게 도와주었다. 나는 이렇게 많은 도움을 준 모든 사람에게 평생 깊은 감사의 마음을 안고 살고 싶다.

아티스트 비자를 받기 위해서는 고용주나 스폰서가 필요한데, 많은 댄서가 소속 댄스 에이전시를 통해서 받거나, 미국인 기업인이나 개인에게 따로 요청해서 스폰서로 비자 신청을 한다. 하지만 보통 비자를 처음 신청하는 시점에는 미국에서 돈을 벌 수 있는 신분이 아니기 때문에 특별한 케이스가 아니고서야 에이전시와 계약이 되어있는 경우가 드물다. 나 또한 그런 신분이 아니었기 때문에 친한 미국인 친구를 통해서 스폰서로 도움을 받을 수 있었다. 또한 비자 신청에는 경제적인 부분도 많이 준비되어 있어야 하는데 변호사비용 그리고 아티스트 비자 신청 비용 등 만만치 않은 돈이 필요했다.

그렇게 아티스트 비자 신청은 어려웠지만, 변호사의 가이드를 따라 차근차근, 착실하게 진행되었다. 비자 신청 후에는 2~3개월 동안의 기다림의 연속이었다. 비자 결과가 얼마나 빠르게 나오는지도 비자 타입에 따라서 그리고 상황에 따라서 복불복인 경우가 많다. 짧게는 3주 정도에 나오는 경우도 있고 길게는 3개월 이상 걸리는 경우도 있다. 기다림의 시간은 길었다. 인터넷 미국 이민국(USCIS) 사이트에 매일 아침 업데이트가 있는지 확인을 했다.

그렇게 기다리고 기다리던 'O1 비자' 합격 소식을 확인했던 날, 너무 행복해서 주변 댄서 친구들과 와인바에 가서 조금 값이 나가는 와인 한 병을 함께 오픈했다. 나는 운이 너무나도 좋았고, 또 그만큼 열심히 준비하고 노력했기에 비자를 취득할 수 있었다. 비자 타입이나 국적에 따라 큰 편차가 있으므로 비자를 신청할 때는 좋은 변호사를 만나 상담을 꼼꼼히 해보는 것이 좋다. 준비는 항상 서두르지 않고 철저히 하는 게 제일이다.

이후에 친구 중에서 'O1 비자' 추천서를 부탁하는 친구들이 세 명 정도 있었는데 주저하지 않고 도와주었다. 5~6년 전까지만 해도 내가 그들 처지에서 열심히 비자를 받기 위해 이곳저곳을 돌아다녔는데, 이제는 내가 도와줄 수 있는 처지가 되었다는 것 자체에 정말 큰 보람을 느꼈다. 외국인으로서 댄서의 꿈을 안고 먼 나라까지 와서 비자를 받는 것이 얼마나 힘든 일인지 잘 알기에, 누군가 도움이 필요할 때 그들에게 쉽게 손 내밀어 줄 수 있는 그런 아티스트가 되고 싶다.

14

대형 에이전시
Bloc과 손을 잡다

99 눈에 띄어야 한다.
내가 가진 특기를 잘 보여주는 사람들이 눈에
띄고, 얼마나 독특한 나만의 색을 가졌는지가
정말 중요하다.

비자를 받고 들뜬 마음으로 댄스 에이전시를 찾기 시작했다. 그중에서 제일 잘 나가는 'Bloc 에이전시'에 아주 관심이 많았다. 아티스트 비자를 받기 전부터 항상 'Bloc Talent Agency' 웹사이트를 내 사이트처럼 매일같이 방문하며, 내 프로필이 걸려있는 상상을 하곤 했다. 이런 말이 조금 웃길지도 모르겠지만, 나는 어릴 때부터 내 미래를 구체적으로 그리고 상상해보는 것을 좋아했고, 자주 해왔다. 지하철에 있을 때면 지루하지 않게 음악을 틀어놓고 내 미래를 그려나가는 상상을 종종 하곤 했다. 일어난 일이 아니어도 일어난 일처럼 머릿속에서 상상하고, 마치 이룬 것처럼, 내가 이미 그 상상 속에 있는 것처럼 마음껏 행복감을 누린다. 자세하면 자세할수록 더더욱 좋다. 이 버릇은 어릴 때 〈Secret〉이라는 책과 다큐멘터리를 본 이후로 쭉 지속되어왔고, 솔직히 실제로 이 덕분에 많은 것을 이룬 것 같다.

어린 시절, 꿈을 적어놓았던 '미래일기'가 있었다. 일기 속에는 미국에서 성공한 안무가 생활을 하고 싶다는 내용도 적혀있고, 어릴 적부터 포토샵 다루는 것을 좋아해서 구글 웹사이트를 스크린 캡처해서 내 사진을 넣고, 마치 위키피디아에 내가 실려있는 것처럼 만들어놓기도 했다. 지금 생각해보면 이 모든 것들이 너무 재미있고 웃긴 일이다.

Bloc 소속 댄서라는 상상을 매일같이 하던 중에, 내가 너무 좋아하던 뉴욕 출신 댄서에게서 같이 공연하자는 제안을 받게 되었다. 몇 달에 한 번씩 잘 나가는 안무가가 자기의 안무를 마음껏 뽐내는 공

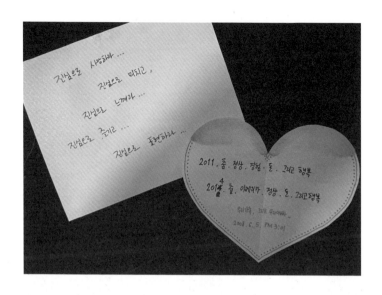

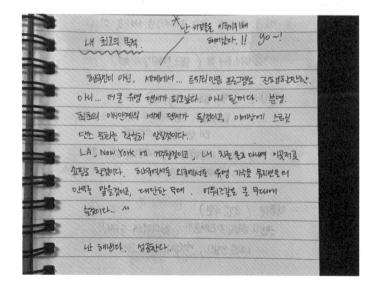

연인데, 주로 아티스트 관련된 사업을 하는 사람들이나 에이전시 관련된 사람들이 보러오는 큰 공연이었다. 평소에 그녀의 스타일을 워낙 좋아했기 때문에 주저하지 않고 바로 승낙했고, 몇 차례의 리허설 끝에 공연에 올랐다. 나와 안무가를 포함하여 총 5명이 퍼포먼스를 했고, 그날 퍼포먼스를 했던 그룹 중 최고로 인상적인 퍼포먼스를 펼쳤다는 평을 들었다. 모두가 우리의 퍼포먼스를 최고로 좋아해 주었고, 가장 많은 환호를 받기도 했다.

그렇게 사람들에게 좋은 인상을 남기고 나를 섭외한 안무가와 대화를 하던 중, 에이전시에 관한 이야기가 나왔다. 그녀는 내가 왜 에이전시가 아직도 없는지 궁금해했고, 최근에 아티스트 비자를 받았고 그전에는 비자 문제로 댄서 일을 할 수 없었다고 말했더니 주저하지 않고 바로 Bloc에 나를 소개해주겠다고 했다. 그녀는 이미 Bloc에 이전시의 댄서, 안무가로 프로페셔널하게 많은 일을 하고 있었다. 그렇게 그녀는 이메일로 Bloc과 나를 연결해 주었고, Bloc은 나에게 좋은 인상을 받았는지 바로 얼마 후에 있을 공개 오디션에 오지 않겠냐는 제안을 하였다. 공개 오디션은 정말 많은 댄서가 오기 때문에 많은 준비를 해야 했다. 나는 뭔가 이번에는 확실히 될 것 같다는 특별한 느낌을 강하게 받았다.

오디션에서는 힐을 신고 추는 섹시한 안무를 배우고 춘 뒤에, 프리스타일까지 선보였는데, 확실히 나처럼 팝핑을 전문적으로 잘하는 사람이 없어서 내가 프리스타일을 하는 순간 모든 시선이 나에게 집중되고 있다는 것을 아주 강하게 느낄 수 있었다. 그렇게 다시 한번 좋은 인상을 주었다는 확신이 있었고, 오디션에 참가 후 하루가 지나지 않아 바로 연락을 받을 수 있었다. 축하한다는 말과 함께 Bloc 에이전시의 소속 댄서로 같이 일을 하자는 이메일이었다! 아티스트 비자 합격 소식에 이어서 좋은 일들이 쭉쭉 들어오는 것 같아 너무 행복했고, 그렇게 미국에서의 프로페셔널 댄서로 가는 문이 조금씩 열리기 시작하는 것 같았다.

에이전시를 계약하며 한가지 느낀 점이라면, 눈에 띄어야 한다는 것이다. 미국은 새로운 것들을 잘 받아들이는 나라이기 때문에 내가 가진 특기를 잘 보여주는 사람들이 눈에 띄고, 얼마나 독특한 나만의 색을 가졌는지가 정말 중요하다. 한국에서는 모두가 보고 달리는 곳과 다른 방향으로 가려고 하면 부정적인 말을 종종 듣곤 했는데, 좁은 시야로 살아가는 것은 나만 손해일 뿐, 나만의 시각으로 세상을 보는 것이 중요하다는 것을 깨달았다.

미국 생활에 적응하면서 세상은 너무 넓고 정말 다양한 사람들이 각자의 문화권에서 살기 때문에 이것이 좋다 저것이 좋다 명확하게 따질 수는 없지만, 열린 가슴, 그리고 다양한 시각으로 세상을 보는 것이 얼마나 중요한지 깨닫는다. 남들이 나와 다르다고 잘못된 것이 아니라, 그냥 '다르기 때문에 다르다'라는 것을 그대로 이해하고 받아들이는 것이 얼마나 중요한지 다시 한번 실감할 수 있었다.

내 꿈을 디자인하다

STORY 03
할리우드,
그리고 세계로.

01

LA,
새로운 정착

" 아직도 도전정신에 배고팠고,

또 다른 새로운 곳에 헤딩해보기로 했다.

바로 Los Angeles!

힘든 과정을 거쳐 한국을 떠나 새로운 곳에 정착했지만, 더 많은 꿈을 이루기 위해 또 한 번 새로운 곳에서 처음부터 다시 시작해보기로 했다. 다시 한번 도전할 수 있을까? 솔직히 엄청 힘들 것을 알고 있었기에 지금 30대의 나이에 다시 도전해보라면 조금 망설였을 것 같다. 하지만 그때는 아직도 도전정신에 배고팠고, 또 다른 새로운 곳에 헤딩해보기로 했다. 바로 미국 서부에 있는 Los Angeles!

　　프로페셔널 댄서로 돈을 벌고 살 수 있는 많은 프로젝트를 만날 수 있는 곳은 단연코 LA라고 할 수 있다. 뉴욕도 브로드웨이 쇼들이 넘쳐나고 정말 좋은 뮤지컬들이 많이 있어서 브로드웨이 댄스 장르나 발레, 컨템포러리 등등 댄서들이 일하기에 너무 좋은 곳이지만, 나같이 스트릿 댄스를 하는 사람들이 프로페셔널하게 일하기에는 LA가 더 적합하다.

　　LA에는 정말 많은 TV 프로그램들과 영화 촬영, 뮤직비디오 촬영도 많다. 아무래도 다양한 뮤지션과 영화배우들이 LA에 많이 거주하기 때문에, 일들이 이곳에 몰려있을 수밖에 없을 것 같다. 하지만 그만큼 경쟁도 동부보다 더 치열하다. 정말 많은 댄서가 꿈을 이루기 위해, 일하기 위해 전 세계 곳곳에서부터 LA로 몰린다. 경쟁이 치열한 만큼, 성공하기도 더더욱 힘들다. 한번은 LA에 도착해서 공개 오디션 정보를 받고 간 적이 있었는데, 너무 많은 댄서가 와서 스튜디오에 입장하는 데만 2시간 넘게 기다렸던 적도 있었고, 이렇게 많은 댄서들 사이에서 눈에 띄어 뽑히기란 정말 하늘의 별 따기인 것만 같아서 오디션장에 들어설 때마다 그냥 집에 가버리고 싶은 마음도 매일이었다.

처음 LA에 이사 와서는 아는 사람도 많이 없었고 새로 시작할 생각을 하니 눈앞이 캄캄했다. 아티스트 비자를 받은 지 얼마 안 된 때라 재정적으로도 좀 힘들었었고, 차가 없었기 때문에 모든 이동을 위험하고 불편한 지하철과 버스를 타고 다녀야 했다. LA는 뉴욕과는 다르게 모든 것이 듬성듬성 떨어져 있다. 슈퍼마켓에 장을 보러 가더라도 차를 타야 해서, 차가 없으면 생활이 불편할 정도로 힘들다. 지하철과 버스가 있지만, 지하철 시스템이 잘 되어있지 않아서 위험하기도 했고, 차로 20분 만에 갈 수 있는 곳도 돌고 돌아 2시간이 걸리는 것이 다반사였다. 그 당시 컬버시티 근처에 살고 있었는데, 아침 8시에 North Hollywood에서 오디션이 있다면, 아침 5시에 일어나서 준비하고 6시에 출발해서 전철과 버스를 타야만 8시에 딱 맞게 도착할 수 있었다. 그래서 더더욱 부지런해야 했다.

LA에 도착해서 바로 'Bloc 에이전시 LA'와 계약을 했다. Bloc은 미국에서 크고 유명한 댄스 에이전시기 때문에 뉴욕뿐만 아니라 LA에는 더 큰 본사가 있다. 그렇게 서부 생활이 시작되었다. 여러 오디션과 캐스팅 정보를 받고, 발에 불이 붙은 것처럼 돌아다녔고, LA에서 유명한 Millennium Dance Complex와 그리고 지금은 안타깝게도 사라진 Debbie Reynolds Studio에서 많은 수업을 듣기도 했고, 좋은 기회가 생겨서 두 곳 모두에서 잠깐 수업을 진행한 적도 있었다. 정규

수업은 아니었지만, 나에게는 너무 좋은 기회였기에 감사한 마음으로 팝핑 수업을 진행했다.

　　LA에서 새롭게 자리를 잡는 데까지 1년 동안은 정말 힘든 시기를 보냈다. 새로 시작해야 한다는 마음과 새로운 사람들을 만나는 것은 너무 재미있었지만, 한편으로는 무섭기도 했다. 내가 과연 잘 할 수 있을지 걱정에 하루에도 수십 번씩 생각에 잠기기도 했고, 또다시 외로움이 몰려오기도 했다. 오디션과 캐스팅도 다 다녀봤지만, 결과는 항상 좋지 않았다. 매일 연락만 기다리고 오디션 때마다 다른 사람과 비교당하는 기분에 내 자신에 대한 자신감도 아주 많이 떨어졌고, 차가 없어서 친구들에게 매번 부탁을 해야 하거나 가고 싶은 곳도 쉽게 갈 수 없어서 힘들었다.

　　모든 것들이 버거웠다. 뉴욕에서도 정말 힘들었지만, 나이를 조금 더 먹고 나니 모든 것들이 두 배는 더 힘들게 느껴졌다. '나는 왜 항상 사서 고생할까?'라는 생각도 많이 했고, 춤춘 지도 오래되었는데 앞길이 보이지 않는 것 같아서 암흑 속에서 허우적대는 기분이었다. 포기하고 싶다는 생각도 수천 번은 넘게 했다. 어릴 때는 무작정 좋아서 시작했지만, 현실의 그늘에서 헤어나오지 못하고 항상 제자리걸음인 것 같은 생각이 들었다. 멀리 미국까지 왔는데 빨리 성공해서 엄마한테 좋은 딸, 자랑스러운 딸이라는 걸 확인시켜주고 싶었는데 모든 것들이 더디게 느껴졌다. 더딘 걸 떠나서 아예 제자리에 붙어서 꼼짝 못 하고 걸려있는 느낌이었다. 그렇게 LA에서의 새로운 시작은 외롭고 우울했다.

02

4,000명과의 경쟁,
So You Think You Can Dance S14

> **"**
> 나의 최고의 생일이자
> 최고의 생일 선물을 받은 날이었다.
> 너무 행복했고, 어안이 벙벙했다.
> 그렇게 내 오래된 꿈과 한 발짝 더 가까워졌다.

Time has come.

드디어 내 인생의 절반 동안 정말 도전하고 싶었던, 〈유 캔 댄스〉 오디션 기회가 찾아왔다. 아티스트 비자도 받았고, 이제 당당하게 내 실력을 뽐내고 도전할 기회였다. 그때 나는 독일에서 5개월 동안 공연이 있었고, 계약이 끝날 무렵 〈유 캔 댄스〉 시즌 14의 댄스 오디션이 열린다는 것을 인터넷을 통해 알게 되었다. 오디션은 처음엔 온라인으로 영상과 함께 지원하고, 영상과 지원서를 본 프로듀서들이 마음에 드는 댄서들에게 연락을 주는 방식이었다. 나는 주저하지 않고 바로 내 춤 영상을 업로드했다. 이후에 듣기로는 4,000명이 넘는 댄서들이 지원했다고 들었다.

지원한 뒤 얼마 되지 않아 프로듀서에게 연락이 왔다. 여러 가지 나에 대한 정보들을 질문했고, LA에서 진행되는 프로듀서 라운드와 이후에 합격하면 다음 날에 있을 심사위원 라운드(유 캔 댄스 프로그램을 만든 디렉터이자 프로듀서인 나이젤 리스고가 평가하는 TV 방송 라운드)까지 시간이 되는지 물어보았다. 다행히도 날짜가 잘 맞아떨어져서, 독일에서의 계약이 끝나고 바로 가면 오디션을 볼 수 있는 스케줄이었다.

독일 일정을 마치고 미국에 돌아오자마자 바로 오디션 준비를 했다. 물론 독일에서부터 오디션은 어떤 음악으로 할지, 어떤 옷을 입고 어떤 콘셉트를 잡아야 할지 많은 고민과 준비를 했었다. 여러 장

INYOUNG "DASSY" LEE

Age: 26
Seoul, South Korea

르의 음악을 찾던 중 개성 있고 독특한 'Peggy Lee'의 〈Big spender〉
를 팝핑 할 수 있게 잘 믹스한 음악을 사용하기로 했다. 처음에 아무
도 내가 어떤 춤을 출지 알 수 없도록 이쁘게 등장한 뒤에 비트가 떨
어지면 팝핑으로 관중을 압도할 수 있도록 머릿속으로 그림을 그려나
갔다.

사람들은 종종 나의 겉모습만 보고 마냥 귀엽고 도도한 여자
아이로 보는 경우가 많았는데, 그래서 그런지 내가 춤을 추기 시작하
면 사람들이 놀라곤 했다. 그런 경험을 잘 살려서 오디션에 녹여내고
싶었다. 전혀 다른 반전 분위기를 보여주면 사람들이 좋아할 것 같았
다. 나는 내가 처음 느끼는 감정에 굉장히 충실한 편이다. 무언가 직
감이 들면 바로 따랐고, 그러면 많은 일들이 잘되는 편이었다. 그렇게
음악선정, 콘셉트 선정까지 마치고 처음에만 조금 안무를 준비하고
춤 자체는 프리스타일로 결정했다.

드디어 오디션 날. 오디션장에는 아침 일찍 도착했는데 나와
같은 꿈을 가진 댄서들이 정말 많이 있었다. 줄이 너무 길어서 LA 다
운타운 근처 블록마다 사람들의 줄로 이어져 있었다. 많은 시간을 기
다리고 드디어 프로듀서 라운드가 시작되었다. 프로듀서 라운드는 카
메라 촬영 없이 프로듀서가 마음에 드는 댄서들을 먼저 선별하는 자
리였고, 음악을 틀어놓고 한 명씩 나와서 자기 기량을 뽐냈다. 여느
오디션과는 다르게 프리스타일로 진행돼서 나는 너무 좋았다. 발레,
탭, 컨템포러리 등등 정말 다양한 장르의 댄서들이 있었는데, 프리스

타일 오디션은 스트릿 댄서인 나에게는 아주 유리한 상황이었다. 그냥 내가 평소에 배틀하고 사이퍼를 하듯이 춤을 추면 됐다.

그래서인지 프로듀서 라운드에서 사람들이 내 춤을 많이 좋아해 줬다. 나는 그 자리에서 바로 합격과 함께 내일 있을 저지(judge) 라운드를 준비하라는 얘기를 들었다. 그리고 정말 많은 서류를 작성하고 음악 파일도 보내고, 심지어 3~5시간 동안 심리테스트와 신체검사까지 받았다. 그 이후에는 백그라운드 체크까지 받았다. TV쇼니까 모든 것을 확실히 해야 했던 것 같다. 평소 정신건강에 문제가 있는지, 신체는 멀쩡한지 꼼꼼하게 검사해야 라이브 쇼가 진행되었을 때 양쪽 모두가 피해 보는 일이 없기 때문이다. TV쇼의 세계는 신기했다.

3월 18일. 심사위원 라운드 당일은 아직도 기억이 생생하다. 심사위원 라운드 오디션은 내 생일이었다. 생일이라는 것도 잊을 만큼 나에게는 너무나 큰 도전이었기 때문에, 생일 축하할 겨를도 없이 잠도 설쳐가며 아침 일찍부터 준비하고 또 준비했다. 다운타운에 있는 극장에서 TV 심사 라운드가 진행되었다. 생각보다 많은 댄서가 프로듀서의 지목을 받아 오디션 차례를 기다리고 있었고, 마음을 다스릴 시간도 없이 이곳저곳 불려 다니면서 인터뷰를 해야 했다. 그중에서도 내가 오래전부터 너무너무 팬이었던 〈유 캔 댄스〉의 진행자인 캣 딜리가 나와의 인터뷰를 기다리고 있었다! 떨림과 동시에 영어가 잘못 나오면 어떡하나 걱정이 한가득이었다. 하지만 캣 딜리는 나를

내 꿈을 디자인하다

너무 편하게 대해줬고, 그렇게 인터뷰도 무사히 마칠 수 있었다. 그녀에게 내가 한국에서부터 이 프로그램을 봤고 여기까지 와서 오디션을 본다고 이야기했더니 엄청나게 감동하였다.

정신없는 시간이 지나고 드디어 내 차례였다. 정말 큰 무대와 사방을 둘러싼 카메라들, 그리고 3명의 심사위원. 오랫동안 TV 속에서만 봤던 나이젤 리스고, 메리 머피 그리고 시즌 14 심사를 맡은 바네사 허진스까지. 밝은 무대 조명 아래 모두가 나를 쳐다보고 있었다. 그리고 무대 중앙 앞쪽에 놓여있던 마이크. 정말 심장이 터질 것처럼 떨렸고, 솔직히 지금 생각해보면 내가 어떻게 그 자리에서 끝까지 마치고 살아 돌아왔는지 알 수가 없을 정도다. 심사위원들은 나를 반갑게 맞이해주었고, 여러 질문을 했다. 나는 내성적이지만 가끔 톡톡 튀는 성격으로 사람들을 즐겁게 해주고는 하는데 그런 성격들이 질문을 받는 동안 많이 터져 나왔고, 사람들은 그런 나를 좋아해 주었다. 오늘이 생일이라고 말하니까 극장에 있는 모든 사람과 함께 입을 모아 생일 축하 노래를 해주기까지 했다.

짧은 소개를 마치고 바로 내 춤 실력을 선보였다. 처음에는 진짜 아무 스킬이 없는 사람처럼 수줍게 춤을 추며 등장했다. 많은 것을 보여주지 않고 이쁜 척도 조금 했다. 그게 나의 전략이었다. 비트가 떨어짐과 동시에 내 주 장르, 그리고 내가 제일 자신 있는 팝핑으로 프리스타일을 선보였다. 사람들은 소리를 지르기 시작했고, 나의 파워풀한 움직임에 심사위원들도 놀라는 것을 느낄 수 있었다. 그렇게 마음껏 프리스타일을 췄고, 심사위원들은 한 명씩 느낀 점을 말하고 내가 다음 아카데미 라운드까지 진출할 수 있을지를 결정했다. 나이젤은 나에게 내가 추었던 음악의 오리지날 안무를 본인이 짰다고 얘기를 했고, 솔직히 그 사실을 알고 선곡한 것은 아니었지만 나이젤의 그 말에서 내 음악 선곡이 좋았다는 것을 확신하게 되었다.

　　나이젤, 매리, 그리고 세 번째 심사위원인 바네사까지 모두 합격을 주었고, 나는 방송에서 방방 뛰며 다음 라운드로 진출할 수 있었다. 나의 최고의 생일이자 최고의 생일선물을 받은 날이었다. 너무 행복했고, 현실 같지 않았다. 꿈속에 있는 것 같았다.

03

100명과의 경쟁,
So You Think You Can Dance S14

" 꿈만 같은 일이 코앞에 있었다.
느낌이 너무 좋았다.

심사위원 라운드 이후 두 달 정도 시간이 있었는데, 나는 그 기간에 정말 많은 클래스를 들었다. 이 방송이 스트릿 댄서만을 위한 쇼가 아니란 것을 알고 있기에, 다른 다양한 장르들을 배우는 것이 나에게는 필수였다. 이전에 발레 클래스를 두세 번 정도 들어본 적이 있었지만, 그 정도로는 어림도 없었고 스트릿 댄스만 즐겨 췄기 때문에 컨템포러리 댄스의 우아함과 부드러움, 점핑, 킥 모든 것이 너무 서툴렀다. 그래서 아카데미 라운드까지의 비어있는 스케줄에 열심히 연습도 하고 아침마다 기초 발레 연습과 인터뷰에서 말하는 연습까지 했다.

아카데미 라운드는 보통 라스베이거스에서 진행됐는데 이번에는 LA에서 북쪽으로 조금 떨어진 도시에서 진행되었다. 일주일 동안 이전 라운드에서 심사위원들의 'YES'를 받은 100명의 댄서와 합숙을 하면서 TOP10 안에 들기 위한 겨루기를 펼치는 라운드이다. 두 명의 댄서에게 호텔 방 하나를 배정해주었다. 아마 이전에 참가자 모두 작성했던 심리테스트를 통해, 잘 맞을 것 같은 사람들끼리 룸메이트를 배정해준 것 같았다. 나는 컨템포러리 댄스를 하는 정말 상냥한 Cristina와 한방을 쓰게 되었다. Cristina는 나보다 훨씬 나이가 어린 친구였는데 정말 착하고 재미있었다. 사실 아카데미 라운드를 함께하는 100명의 댄서는 대부분 나보다 훨씬 어렸다. 그 당시 내 나이가 26살이었는데 참가자 대부분 19~20살 정도였다.

가벼운 오리엔테이션을 마친 다음 날부터 바로 피 튀기는 전쟁이 시작되었다. 이미 〈유 캔 댄스〉에 3~4번 도전했었던 친구들도 있었고, 나처럼 처음 도전한 친구들도 있었고, 미국 전역에서 어릴 때부터 꿈을 키우며 도전한 친구들이 한곳에 모였으니 다들 착하고 좋은 친구들이었어도 눈에 보이지 않는 찌릿한 무언가의 긴장감이 항상 있었다. 다들 이를 갈고 온 것이 보였다.

아카데미 라운드 일주일 동안 잠이 부족할 정도로 많은 도전 과제를 줬다. 각각의 댄스 장르를 한 시간 동안 배우고 바로 오디션을 보는 것처럼 파트너를 정해서 추거나 그룹 미션일 경우 팀끼리 밤을 새워가며 안무를 짜야했다. 컨템포러리, 힙합, 재즈, 발룸까지 무대 위에서 바로 1시간 동안 안무가를 보고 배우는데, 여러 장르를 다 잘하

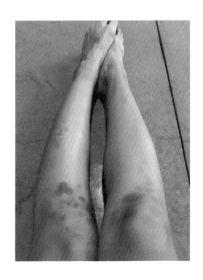

는 친구들이 대부분이어서 스트릿 댄서인 나에게는 정말 고통스러운 시간이었다. 다들 점프하면 저 위까지 올라가는데 나는 도통 배워본 적이 없으니 몸이 따라주지 않아서 할 수 있다고 스스로 다독이며 기죽지 않고 해야 했다. 거기에다가 단체로 프로모션 비디오를 찍기도 했고, 중간중간 인터뷰도 많았다.

안무를 배우는 중간중간 이곳저곳의 카메라 감독들이 불러서 인터뷰를 시키는데, 인터뷰하면 안무를 배울 수 있는 시간도 줄어들고, 나만 뒤처질 수 있어서 다들 인터뷰하는 것을 너무 싫어했다. 카메라 감독과 싸우는 친구들도 있었다. 그렇게 한 시간 동안 반 곡 정도를 배울 수 있는 시간이 끝나면 3명씩 혹은 파트너를 짜서 6명씩 심사위원 앞에서 춤을 췄다. 내가 도전했던 시즌 14에서는 10명의 역대 〈유 캔 댄스〉 올스타 중 한 명과 시즌이 끝날 때까지 함께 파트너가 되는 것이 룰이었다. 올스타 대부분 〈유 캔 댄스〉 전 시즌 우승자들이거나 많은 관심과 사랑을 받는 댄서 셀러브리티들이었다. 나는 대부분의 올스타를 TV를 통해 알고 있었고, 누구와 함께 팀을 이루어야 좋은 성과를 낼 수 있을지 아카데미 라운드 동안 정말 많이 고심했다.

〈유 캔 댄스〉의 댄스 퍼포먼스 대부분은 남녀 파트너댄스로 이루어지기 때문에 남성 올스타를 뽑는 것이 나에게는 유리했고, 그중에서도 내 키가 작으므로 키가 작은 파트너, 그리고 내 장르를 이해하고 잘 할 수 있는 파트너가 필요했다. 또 한 가지 고려했던 것은 소셜미디어에 적극적이고 팔로워가 많은 파트너와 함께하고 싶었다. 직감적으로 그게 나에게 많은 도움이 될 것 같았고, 나는 그렇게 'Fikshun'이라는 올스타를 찜했다. Fikshun은 〈유 캔 댄스〉 시즌 10에서 우승했던 끼와 재능이 넘치는 어린 친구다. 팝핑 장르도 잘 소화하고 잘 추는 댄서기 때문에, Fikshun과 파트너가 되면 정말 좋은 퍼포먼스와 케미스트리를 보여줄 수 있을 것 같았다.

그렇게 불꽃 튀는 아카데미 라운드가 계속 진행되면서 하루에도 몇십 명의 댄서가 탈락하고 집으로 떠났다. 집으로 떠나는 댄서들을 보면서 다른 장르 실력은 많이 뒤처졌지만, 포기하지 않고 마치 내가 그 장르를 몇 년 동안 했던 것처럼 자기최면을 하면서 전쟁 속에서 살아남았다. 다들 내 팝핑 실력을 보고 내가 팝핑만 잘할 줄 알았는데, 생각보다 다른 장르들도 꽤 잘 소화해내니 감탄했던 심사위원들도 많았다.

그렇게 잠들 수 없는 하루하루가 지나가고 결정적인 마지막 날만 남았다. 이제 40명 정도의 댄서들이 남아있었을까. 모두가 너무 지쳐있었다. 많은 댄서가 눈물을 보이기도 했고, 안타깝게 부상으로 집에 돌아간 친구들도 있었다. 내 룸메이트도 막바지에 집으로 돌아가서, 라운드가 거의 끝나갈 때쯤에는 나 혼자 호텔 방을 쓰기도 했다. 이쯤 되면 정말 울지 않은 친구들이 없었다. 인생에서 이렇게 정신적으로, 신체적으로 힘들게 춤을 출 일이 있을까? 하루에도 수십 번씩 비교당하고, 몸은 몸대로 지치고, '잘해야 한다, 실수하면 안 된다.'

라는 정신적 스트레스로 잠을 설치는 것이 매일이었다. 지금 다시 그때로 돌아가야 한다면 하기 싫을 정도로 힘들었다.

이제 10명의 올스타가 팀을 이루고 싶은 댄서들을 직접 네 명 정도씩 선택했다. 내가 춤을 춘 뒤 2명의 올스타가 나를 지목했고, 그 중에 한 명이 내가 마음속으로 찜했던 Fikshun이었다. 다른 한 명은 나와 비슷한 장르를 하는 정말 실력 좋은 Cyrus였다. 나는 마음속으로 먼저 찜해두었던 Fikshun을 지목했고, 그렇게 Fikshun의 팀으로 들어갈 수 있었다.

사실 그때 또 나름대로 머리를 썼다. Fikshun과 Cyrus 모두 세 명의 댄서들을 지목한 상태였고, Cyrus에게는 많은 여성 댄서가 주를 이루었지만, Fikshun이 선택한 댄서들은 대부분 남성이었다. 그래서 Fikshun과 팀이 되어야 파이널 파트너가 될 기회가 더 커지겠다고 빠르게 판단했다. 그렇게 각 올스타에게 두 명의 댄서가 남을 때까지 올라갈 수 있었다.

최종 라운드는 10명의 올스타에게 댄서가 두 명씩 남아있었고, 올스타가 두 명의 댄서와 각각 퍼포먼스를 보인 후 TOP10에 함께 갈 댄서 한 명을 지목하는 방식이었다. 나와 또 다른 남성 댄서는 각각 Fikshun과 함께 춤을 추며 퍼포먼스를 보였다. Fikshun과 케미스트리는 아주 좋았고, 즐거웠다. 내가 잘하는 스타일을 올스타와 함께 할 수 있어서 스트레스 없이 즐겁게 할 수 있었다.

그때는 너무 감정적이었고 정말 많은 생각들이 머릿속을 스쳐 갔다. 내가 만약 최종 10명에 든다면 이제 정말 미국 할리우드 라이브 TV쇼에 서게 되고, 내가 그토록 원했던 그 무대에 서는 것인데 꿈만 같은 일이 코앞에 있었다. 하지만 탈락할 상상은 그다지 하지 않았다. 뭔가 느낌이 너무 좋았다. 이 프로그램 자체가 나의 유니크함을 원한다는 확신이 있었다.

결정의 시간. Fikshun은 두 명의 남아있는 댄서 중에 나를 파트너로 지목했다. 눈물이 터져 나왔다. 꿈만 같았고, 너무 설레었다. 그렇게 나는 최종 TOP10 댄서가 되었고, 같이 뽑힌 9명의 댄서와 함께 부둥켜안고 계속 울었다. 가족들과 화상통화를 하는 친구들도 있었다. 나는 엄마가 한국에 있으니 나중에 문자와 전화로 소식을 알렸다.

4,000명이 넘는 사람 중에서 한국인 최초로 TOP10에 올랐다. 이제 라이브 방송에 나갈 때가 되었다. 자랑스러운 한국을 알리고 싶었다. 조그만 나라, 조그만 몸에서 얼마나 큰 파워와 임팩트가 나올 수 있는지 보여주고 싶었다. 우리 엄마의 자랑스러운 딸이 성공하는 모습을 보여주고 싶었다.

04

10명과의 경쟁,
So You Think You Can Dance S14

99 제일 감명받았던 나이젤의 심사평을
다시 떠올려본다.

you showed your soul tonight,

you made South Korea proud!

꿈같은 하루의 연속이었다. 방송하는 동안엔 숙면을 제대로 취하지도 못했고, 밥을 제대로 먹지도 못했다. Fox〈유 캔 댄스〉프로덕션 측에서 마련해준 고급 숙소에서 생방송 동안 거주하면서 할리우드에 있는 댄스 연습실과 CBS(미국 TV 방송사)를 밥 먹듯이 드나들었다. 옆 세트장에서는 정말 유명한 프로그램들 녹화가 진행되고 있었고, 항상 그곳을 드나들며 할리우드에 진출한 것 같은 기분을 느꼈고, 하루하루가 너무 신기하고 재미있었다. 정말 많은 관심을 받았는데, 첫 생방송이 시작되기 전까지는 내가 TOP10에 오른 것은 비밀이었기 때문에, 리허설을 위해 연습실을 다닐 때도 항상 조심히 다녀야 했다.

처음 생방송 오프닝은 아주 재미있게 시작되었다. 열 명의 댄서들이 각자 잘하는 주 장르를 정해진 안무가의 안무로 올스타 파트너와 퍼포먼스를 선보여야 했고, 모든 댄서와 함께하는 오프닝 무대와 TOP10 댄서들끼리만 준비한 그룹 무대까지, 배워야 하고 연습해야 할 과제들이 넘쳐났다.

내 장르의 안무가는 누가 나올까 정말 궁금해하던 찰나, 내 안무가가 나의 스승이자 팝핀이란 장르를 세계적으로 알리는 데 큰 몫을 한 'Electric Boogaloo's' 멤버인 'Popin' PETE'였다! 존경하는 사람이었기에 너무 좋았고 더 큰 자신감이 생겼다. PETE의 지도를 받으며 Fikshun과 함께 열심히 리허설에 들어갔다. 안무 연습은 순탄히 진행되었고, 그동안 내가 자신 있게 해오던 장르여서 그런지 그다지 큰 어려움은 없었다.

　　하루 일정은 정말 정신없이 진행됐다. 아침 6시 꼭두새벽부터 시작해서 늦은 저녁까지 빡빡한 일정을 소화했다. 많은 인터뷰, 영상 촬영, 사진 촬영 그리고 여러 가지 퍼포먼스를 다 배우느라 적게는 10시간부터 많게는 18시간 동안 리허설을 했다. 내가 배우지 못한 장르들을 많이 해야 했기 때문에 남들보다 더 많은 시간을 투자해서 연습했다.

　　PETE와의 팝핑 퍼포먼스 말고도 TOP10 댄서들과 올스타 10명의 댄서까지 함께 추는 오프닝 리허설이 있었는데, 정말 만나보고

싶고 같이 일해보고 싶었던 유명한 안무가 'Wade Robson'에게 안무를 배우게 되었다. 초등학생 때부터 〈유 캔 댄스〉 프로그램을 꾸준히 보며 정말 만나보고 싶었던 스타 안무가였는데, 같이 춤을 추며 춤을 배우게 된다니. 정말 꿈만 같은 하루였다. 정말 열심히 리허설에 참여했다. 그의 스타일은 굉장히 신선했다. 워낙에 야생동물 같은 느낌과 분위기를 좋아하는 안무가여서 그런지 몸을 쓰는 스타일 자체가 너무 독특했고 전신을 다 쓰는 작업이 신선하고 재미있었다.

생방송은 매주 월요일 CBS에서 방청객들과 함께 진행되었다. 생방송 날에는 아침 일찍 숙소에서 댄서들을 기다리고 있는 밴을 타고 CBS 방송국 스튜디오로 이동하여 바로 헤어와 메이크업을 받는다. 첫 퍼포먼스 헤어, 메이크업 준비가 끝나면 바로 사전녹화가 시작되는데 한 회 에피소드만 해도 정말 많은 퍼포먼스가 담기기 때문에, 그룹퍼포먼스는 항상 사전녹화로 녹화를 따로 해 놓는다.

사전녹화가 끝나면 바로 파트너와 둘이 하는 퍼포먼스 준비에 들어간다. 옷도 갈아입고 헤어, 메이크업도 다시 고치고 준비를 마치면 그날 있을 방송의 마지막 총리허설(run through)을 진행한다. 생방송에서 실수하지 않도록 방송 전에 항상 진행하는 리허설이다. 심사위원들도 있고, 무대, 조명, 카메라 모든 것이 실제 방송처럼 확실하게 준비가 되어있어야 하고 실제 생방송과 똑같이 진행된다.

파트너 퍼포먼스가 끝나는 동시에 심사위원들의 평가를 받고 무대 위에서 내려온다. 그리고 바로 다른 옷으로 갈아입고 마지막 엔딩 퍼포먼스를 준비한다. 하루에도 너무 많은 퍼포먼스를 해야 했기에 솔직히 몇 개의 안무를 췄는지 기억이 정확하지는 않지만, 방송 하나당 4~5개의 안무를 췄던 것 같다. 그렇게 총리허설을 마치면 바로 생방송이 진행된다. 똑같은걸 두 번 하는 셈이다.

방송이 시작되면 절대 실수는 용납되지 않는다. 모든 것이 완벽해야 한다. 화장실 갈 틈조차 없이 시간이 빨리 지나가고 백스테이지는 정말 정신이 없다. 그렇게 방송이 마무리되면 바로 옷을 갈아입고 리포터들과 인터뷰(press interview)를 한다. 5~10분 정도 인터뷰를 진행하고 인터뷰가 끝나면 하루가 마무리된다.

그렇게 정신없는 하루가 지나가고 화요일은 쉬는 날이다. 그리고 그 이후에는 다음 주 방송을 위해 바로 리허설에 들어간다. 일정이 빡빡한 만큼 몸과 마음도 지쳤지만, 다치지 않기 위해 최대한 스트레스받지 않으려고 노력했다. 하지만 원했던 것과 반대로 정말 많은 스트레스를 받았다. 첫 방송이 시작되고 나서는 팬들도 많이 생겨서 많은 관심을 받게 되니, 그만큼 더 좋은 모습을 보여줘야 한다는 압박감도 있었고, 새로운 것들을 많이 접하고 배우다 보니 못할 때마다 자책도 많이 했다. 온몸이 멍투성이였어도 카메라 앞에서는 내색 없이 즐거움과 완벽함을 보여줘야 했기 때문에 그 또한 스트레스 아닌 스트레스였다.

내 꿈을 디자인하다

생방송은 매주 진행되고, 오프닝 첫 주를 빼고는 매주 댄서 한 명씩 탈락한다. 항상 1등을 고집했지만, 이번만큼은 솔직히 자신이 없었다. 정신적 고통이 크게 느껴지면서 잘하고 싶은 마음과 동시에 빨리 끝났으면 하는 마음이 있었다. 프로그램 자체는 테크니컬 댄스(발레, 재즈, 컨템포러리, 파트너댄스 등)에 집중된 방송인데 나는 그 순간 분위기와 느낌이 굉장히 중요한 스트릿 댄서, 프리스타일 댄서로서 무대 위에서 항상 리허설이 되어있어야 하는 것 자체가 나에게는 너무 어려웠다.

카메라 감독은 내가 솔로 퍼포먼스 리허설을 할 때 처음에 췄던 그대로 생방송에서 추길 원했지만 프리스타일러인 나에게는 프리스타일을 똑같이 반복하는 것은 조금 어려웠다. 물론 안무를 다 짜놓고 짜인 대로 퍼포먼스를 해도 되지만, 그러면 그만큼 즉흥적인 아름다움과 에너지가 덜 나오기 때문에 나 스스로 마음에 들지 않았다. 하지만 지금 다시 시간을 되돌릴 수 있다면, 안무를 짜놓았으면 좋았을 텐데 하는 아쉬움이 들기도 한다.

그렇게 매주 LA의 유명 안무가들의 안무를 배우며 방송을 했다. 발리우드부터 힙합, 컨템포러리, 재즈까지 정말 다양한 장르를 배웠고 마음대로 되지 않는 날에는 울기도 많이 울었다. 하지만 파트너 Fikshun의 도움으로 즐겁게 활동했고, 넷째 주 방송을 마지막으로 TOP8에서 나의 방송활동은 마무리되었다. 아마 스트레스를 좀 덜 받고 조금 더 즐겼으면 더 좋은 성과가 나왔을 것 같기도 하지만, 당시

에 내가 할 수 있는 최선을 다했기에 결과는 크게 신경 쓰지 않는다.

스트릿 댄서로서, 한국인으로서 전 세계 많은 사람에게 나를 알리고 내 나라를 알릴 수 있어서 행복했고, 비록 TOP8에서 그쳤지만 내 댄서 커리어에 큰 발 도장을 찍은 것 같아서 더할 나위 없이 기뻤고 내가 정말 자랑스러웠다. 생방송은 끝났지만 정말 좋은 시작점이었다. 댄서로서 많은 것들을 배웠고 생방송 TV쇼가 어떻게 진행되는지, 카메라가 바뀔 때마다 어느 쪽 카메라를 보면 좋을지, 춤을 출 때도 어떤 식으로 움직여야 카메라에 더 역동적으로 잡히는지, 인터뷰에는 어떤 식으로 대답하면 좋을지 까지도 작은 것부터 큰 것까지 많은 것을 배웠다.

평생 잊지 못할, 내 댄스 커리어에 많은 도움이 된 소중한 시간. 그중에서 제일 감명받았던 나이젤의 심사평을 다시 떠올려본다. 첫 회에 처음 내 장르로 퍼포먼스를 했을 때, 나이젤이 이렇게 말해주었다.

"You came from Seoul, South Korea and you showed your soul tonight, you made South Korea proud!"

05

So You Think You Can Dance!
미국 & 캐나다 투어

" 한국인으로서, 동양인으로서, 여자로서,
그리고 스트릿 댄서로서 누구나
어떤 상황에 처해있든 간에, 꿈을 꾸고 도전할
수 있다는 가능성을 보여주고 싶다.

생방송이 끝나고 모든 경쟁은 끝났다. 우승자는 컨템포러리 그리고 다른 장르까지도 너무 잘 해냈던 제일 어린 친구 Lex였다. 방송할 때의 긴장감은 사라지고 모두가 다시 가족으로 뭉쳤다. 다들 너무 좋은 친구들이었기에 별 탈 없이 방송활동을 마쳤고 모든 TOP10 댄서들과의 피날레 방송을 마지막으로 바로 미국 전역과 캐나다 투어를 시작하게 되었다. 〈유 캔 댄스〉는 매 시즌이 끝나면 댄서들과 함께 전국 투어를 한다. 투어 콘서트에서는 팬들과 팬 미팅을 하기도 한다.

투어는 리허설 기간을 합쳐 두 달 동안 조그마한 침대 12개가 있는 투어버스를 타고 전국을 돌며 진행되었다. 버스 안에는 TV도 있고, 조그마한 싱크대도 있어서 거의 버스에서 생활했다. 공연이 끝나

면 공연장에서 샤워를 마친 뒤 버스로 돌아와 다음 투어 장소로 이동할 동안 숙면하는 시스템이었다. 자는 동안 이동하여 다음 도시에 도착하면 다시 일어나서 공연을 했다. 당연히 버스에서만 계속 생활하면 힘들기 때문에 중간중간 쉬는 날에는 호텔을 잡아주기도 했다. 호텔은 우승자와 준우승자만 혼자 방을 쓸 수 있었고 나머지 댄서들은 두 명이 한 개의 방을 사용했다. 어쩌다 보니 당시에 TOP10 댄서들이 거의 커플이 되었고 그때 남자친구가 있었던 나와 게이 댄서 친구 둘만 남게 되어서 운 좋게 혼자 방을 쓸 수 있었다. 땡잡았다! 그렇게 투어는 시작부터 스트레스 '0'으로 시작하였다.

프로그램이 끝났다는 홀가분한 마음과 함께 즐겁게 공연하고, 팬 미팅도 하면서 사랑도 많이 받느라 스트레스받을 일이 없었다. 2시간 공연이라 정말 많은 무대를 소화해내느라 바빴음에도 불구하고, 미국 전역을 돌아다니면서 다양한 경험도 하고 세상 구경도 할 수 있었다. 보스턴에서는 쉬는 날에 내 개인 팝핑 워크숍도 했었는데 정말 많은 댄서가 내 수업을 듣기도 했고 뉴욕에 갔을 때는 친한 언니와 친구들을 초대해서 공연도 보여주고 오랜만에 즐거운 시간을 보내기도 했다.

방송에 출연하며 너무 많은 사랑을 받았다. 나로 인해 팝핑이라는 댄스를 시작했다는 어린 친구들도 있었고, 공연이 끝나면 항상 버스 앞에서 우리를 기다리는 팬분들도 있었다. 우리를 보면서 소리를 지름과 동시에 사인해달라고 하거나 사진을 찍고 싶어 했고, 가끔은 선물과 편지를 써서 주기도 했다. 제일 처음 댄서가 되고 싶다고 생각했던 그 옛날에는 이런 경험을 하게 될 줄은 솔직히 상상조차 하지 못했다. 그냥 막연히 춤이 좋아서 시작했고, 바라는 것이라면 춤으로 돈 많이 벌어서 엄마 자랑스럽게 해드리는 것뿐이었다. 지금이야 한국에서도 댄서들이 정말 많은 사랑을 받는 직업이 되었지만, 처음 춤을 시작했을 때만 해도 댄서들이 이런 대우를 받을 수 있을 것이라고는 절대 꿈에도 생각 못 했던 일이었다. 오로지 연예인들만 이런 대우를 받는다고 생각을 했었는데, TV의 힘은 너무나도 컸다.

이렇게 많은 사랑을 받았으니 더 열심히 해서 많은 사람에게 감동을 전하고, 더 많은 희망과 용기를 불어넣어 주고 싶다. 한국인으로서, 동양인으로서, 여자로서, 그리고 스트릿 댄서로서 누구나 어떤 상황에 처해있든 간에, 꿈을 꾸고 도전할 수 있다는 가능성을 보여주고 싶다.

06

스트릿 댄서로
커머셜 세계에서 살아남기

> 더는 댄서들이 굶주리지 않았으면 좋겠고,
> 정당한 대우와 노력한 만큼의 대가를
> 제대로 받았으면 좋겠다.

스트릿 댄스와 커머셜 댄스 세계. 내가 경험한 바로는 이 두 세계는 확연한 차이가 있다. 많은 댄서가 두 분야를 함께 하면서 잘 활동하고 있지만, 내가 활동하면서 처음 느꼈던 것들을 좀 더 깊이 있게 이야기해보고 싶다.

스트릿 댄스는 배틀과 교류가 주가 된다. 스트릿 댄스 자체가 서로 사이퍼를 통해서 자신이 연습한 댄스를 뽐내고, 가끔은 상대방을 꾀거나 파티를 즐기며 시작되었기 때문에 본질 자체가 춤 자체를 즐기는 데에 있다. 그에 반해 커머셜 댄스는 어떤 프로젝트를 완성하고, 그 프로젝트로 수익을 창출하려는 목적이 뚜렷하다. 그래서 커머셜 댄스의 세계에서는 더 많은 오디션이 열리고, 안무가들이 좋은 안무를 만들고 가르치며 좋은 작품, 좋은 성과를 거두는 것이 주가 된다. 물론 커머셜 댄스도 목적이 서로 다를 뿐 충분히 즐길 수 있다.

나는 〈유 캔 댄스〉 이전에도 얼마 안 되지만 몇 차례의 뮤직비디오와 광고를 찍었었고, 지금의 나는 그 이후부터 정말 다양한 커머셜 일들을 하고 있다. 물론 스트릿 댄서로서 많은 배틀 행사와 심사, 워크숍 등을 통해 세계 댄서들과 교류도 여전히 활발하게 하고 있다. 어떻게 해야 스트릿 댄서로서 커머셜 세계에 살아남을 수 있을까?

요즘 세상에는 새로운 장르의 퓨전 예술이 유행이다. 댄스라는 틀 안에서도 다양한 것들이 합쳐지고 협업하면서 다양한 장르가 만들어졌다. 게다가 스트릿 댄스만을 주로 하는 극장 공연과 TV 방송도 많이 생기고 있고, 광고주들이 스트릿 댄서를 콕 찍어 찾는 경우도 많아졌다.

커머셜 세계에서 가장 중요한 것은, 댄서들도 비즈니스를 배워야 한다는 것이다. 한국에서, 미국에서, 전 세계를 돌아다니면서 정말 다양한 댄서들을 많이 만나봤다. 워낙 많은 시간을 연습하여 실력은 훌륭하지만, 반드시 실력이 아주 좋은 댄서가 일을 많이 할 수 있는 것은 아니다. 모든 것은 시간을 어떻게 활용하느냐에 달려있다. 자기 홍보를 잘하고, 이메일 관리, 비즈니스 에티켓 등등 자기관리에 소홀하지 않고 성실한 사람들이 더 많은 일을 할 수 있다.

특히 비행기를 타야 하는 장거리 행사에 개인의 부주의로 비행기를 놓치는 댄서들을 정말 많이 보았다. 내 상식으로는 도저히 이해할 수 없는 부분이다. 주최자가 내 춤을 보기 위해 비행기를 마련해주었는데, 그것을 개인의 실수로 놓친다면 대놓고 이 행사를 중요하게 생각하지 않는다는 의사 표현과 다름없다. 이런 일들이 너무 빈번해서 광고주들이 댄서들을 잘 못 믿고 제대로 된 대우를 안 해주는 경우를 볼 때마다 같은 댄서로서 억장이 무너진다.

프로페셔널 댄서가 되어, 내 가치를 알고 그만큼의 제대로 된 대우를 받기 위해서는 사람과의 소통도 잘 해야 하고 주어진 일에 큰 책임감을 느끼고 임해야 한다. 즐겁게 웃으면서 춤만 출 수는 없는 일이다. 나는 이 모든 것들을 다행스럽게도 책임감이 높고 사회성이 뛰어나고 정돈과 규칙을 잘 지키는 한국인의 특성상 더 쉽게, 스스로 깨달을 수 있었다.

아직도 많은 스트릿 댄서들이 비즈니스가 서툴러 커머셜 세계에서 제대로 활약하지 못하고 있다. 더 많은 댄서가 비즈니스적인 감각도 잘 훈련해서 댄스 시장 자체가 제대로, 높은 수준으로 더 커졌으면 하는 바람이다. 더는 댄서들이 굶주리지 않았으면 좋겠고, 정당한 대우와 노력한 만큼의 대가를 제대로 받았으면 좋겠다. 더 많은 댄서가 부자가 되어서 더 큰 행사들도 생겨나고, 더 많은 사람이 댄서로 성공해서 기쁘게 오래오래 춤추길 바란다.

07

더 나은 활동을 위한
그린카드 도전하기

" 나는 정말 잘하고 있다고 생각했는데
신분이 나의 발목을 항상 잡았다.
모든 시간을 신분 때문에 스트레스받는 데 다
써야했고, 에너지도 상당히 많이 빼앗겼다.

아티스트 비자로 생활한 지 2년 반. 만료돼가는 3년짜리 아티스트 비자를 재신청해야 할 때가 되었다. 변호사와 함께 상담도 하고, 재신청할 때 필요한 서류들과 재정적인 설명을 듣던 중, 미국의 TV쇼에 나왔던 커리어를 가지고 영주권 신청을 해봐도 될 것 같다는 생각이 갑자기 들었다.

친구들도 워낙 큰 경력이기 때문에 영주권(그린카드) 신청을 하면 결과가 좋을 것 같다는 이야기를 많이 해주었다. 하지만 TV쇼가 진행되는 동안에는 안타깝게도 돈을 받지 않는다. 탈락한 후 마지막 피날레 방송과 투어는 돈을 받지만 경쟁하는 동안은 숙박과 숙식이 제공되는 것 빼고는 따로 수당이 지급되지 않는다. TV쇼들은 대부분 아티스트들에게 보수를 지급하지 않기 때문에 이 당시에 나도 영주권을 신청할 만큼의 돈이 충분하지 않았다. TV쇼를 마치고 투어를 하면서 모아둔 돈이 조금 있었지만, 그 돈으로는 정말 필요했던 중고차를 구매했다. LA에서 차 없이 살기는 아주 힘들었기 때문에, 꼭 필요했던 2008년식 혼다 소형차를 중고로 마련했다. 인생 처음으로 내 돈을 모아 산 중고차라 너무 뿌듯했다.

영주권 신청에는 보통 미국 달러로 10,000달러(한국 돈 천만 원이 넘는 금액) 가량 소요된다. 대부분 서류를 넣을 때 내는 서류 비용과 변호사비용이 주가 되는데 영주권을 받는 데는 생각보다 많은 준비와 시간, 비용이 들기 때문에 다들 제대로 된 시기를 잘 봐서 신청하려고 한다. 또 영주권 신청에서 거절이 되면 앞으로 다시 영주권을 받기에도 힘들어질뿐더러 신청을 할 때 냈던 비용들도 결국 허공으로 사라지기 때문에 꼭 실수 없이 성공해야만 했다.

영주권 신청에 필요한 돈이 모자란다는 내 이야기를 듣고 친구가 'Go Fund Me(www.gofundme.com)'라는 웹사이트를 통해서 기부를 받는 방법을 제안하였다. 평소에는 누군가에게 돈을 받는다는 것에 조금 불편한 마음이 있었지만, 방송에 나왔을 때가 좋은 기회이니 잘 잡아서 영주권 신청을 하는 것이 좋겠다고 생각했기 때문에 친구의 말을 듣고 기부 모금을 하게 되었다. 그렇게 시작한 'Go Fund Me'에서 정말 많은 팬 그리고 지인들, 친구들이 도움을 주어서 미국 돈으로 2,000달러가 넘는 기부금을 받을 수 있었다.

정말 많이 울었다. 내가 뭐라고 사람들은 자기가 힘들게 번 돈을 기부하는 걸까? 나는 정말 복에 겨운 사람이라 생각했고, 꼭 영주권을 받아서 더 멋진 아티스트가 되어 성원에 보답하고 싶었다. 그리고 성공해서 돈을 많이 벌면, 나같이 힘든 과정을 거치는 아티스트들을 많이 도와주리라 하는 다짐을 가슴속 깊이 새겼다.

소중한 기부금과 그동안 모아둔 돈을 모아서 영주권 신청을 진행했다. 정말 열심히 준비했다. TV쇼로 인한 많은 기사와 방송을 하면서 알게 되고 친해진 세계적인 안무가분들에게 추천서도 받고, 방송사에서 직접 적어준 추천서까지 받았다. 몇 달 동안 영주권 신청에 유리한 많은 서류를 제대로 준비했고, 변호사도 자기 일처럼 열심히 준비해주었다. 영주권 신청 후에는 아티스트 비자를 받을 때보다 훨씬 더 긴 기다림이 이어진다. 영주권은 종류도 다양하여서, 걸리는 시간도 정말 복불복이다. 어떤 사람은 5년을 기다려 받는 일도 있지만, 짧게는 5개월 안에 받는 일도 있다.

영주권은 여러 서류를 동시에, 혹은 하나씩 차례대로 신청하는데, 나는 처음 서류 신청을 보내고 한 5~6개월쯤 지났을 때쯤 그에 대한 답장을 받았다. '- request for evidence.' 보통 영주권이 확정되지 않았을 때 받는 추가서류 요청이다. 하늘이 무너지는 것 같았다. 듣기로는 이 서류를 받으면 대부분 이후에 거절된다는 말이 많았다. 추가서류요청 내용은 에미상(Emmy Awards, 미국 방송계 최고의 시상식. 후보 선정만으로도 큰 영광이다.)을 여러 차례 받았던 〈유 캔 댄스〉 방송 경력이 크지 않다는 답변이었다. 말이 안 되는 이야기였다. 미국에서 FOX TV의 〈So You Think You Can Dance〉 하면 모르는 사람들이 없다. 워낙 오랫동안 방송된 국민 오디션 방송이기 때문에 크지 않다는 말을 믿을 수 없었다. 모든 것이 억지였다.

변호사는 내게 몇 개의 옵션을 이야기해주었다. 하나는 더 많은 자료로 추가서류 요청에 답을 하는 방법. 하지만 이 방법은 시간이 아주 많이 소요될 수 있는데, 기본 2~3년은 더 걸릴 수 있다고 했다. 그리고 이미 한번 추가서류요청이 나왔기 때문에 거절될 확률도 높았다. 다른 방법은 만기 직전인 아티스트 비자를 다시 연장하는 방법이었다. 그리고 영주권은 다음 기회에 거절되기 전 상태로 돌아가 깨끗하게 다시 신청하는 방법이었다. 나는 어쩔 수 없이 두 번째 방법을 택했다. 이미 처음에 승인이 되지 않아서 거절될까 봐 불안했고, 추가 서류를 넣고 기다리는 동안은 신분 보류상태이기 때문에 댄서 일을 할 수 없기 때문이었다.

돈을 조금 더 모아 아티스트 비자를 연장했다. 하루하루가 너무 스트레스였다. 나는 정말 잘하고 있다고 생각했는데 신분이 나의 발목을 항상 잡았다. 그냥 맘 편히 춤에만 몰두하고 싶었는데, 모든 시간을 신분 때문에 스트레스받는 데 다 써야했고, 에너지도 상당히 많이 빼앗겼다.

수많은 미국 댄서들도 간절히 나오고 싶어 하는 TV쇼에 출연하여 정말 힘들게 첫 한국인으로 TOP8까지 이루고 세계적으로 지지해주는 팬들도 많이 생겼는데 영주권을 받지 못한다니… 너무 서러웠다. 발급 신청에 들어가는 돈도 날리고 기부해준 팬들에게도 너무 죄송스러웠다. 정말 내 안에 화가 많아졌고, 모든 게 싫고 짜증 났고, 포기하고 싶다는 생각을 많이 했다. 미국 지상파 TV 방송에 나왔다는 행복은 잠시, 다시 실패에 대한 실망감으로 우울증이 찾아왔다.

08

우울증

99 더 크고 궁극적인
평생의 목표가 있어야 한다는 것.
인생의 그 모든 순간의 행복이
평생 목표여야 한다는 것을 깨달았다.

다시 찾아온 우울증. 십 대 때 깊은 우울증에 시달렸었고, 끝났다고 생각했던 그 우울증이 다시 찾아왔다. 무력감. 아무리 발버둥쳐도 세상은 나에게 등을 돌리는 것 같았고, 잔고는 바닥을 보였다. 춤을 춘 지 15년이 훌쩍 흘렀고, 많은 것들을 이루었다고 생각했지만 왜 내 통장 잔고는 여전히 제자리인 것 같을까. 오랫동안 그리던 꿈을 이루었는데, "What's next?"라는 생각이 들기 시작했고, 다음 목표가 뚜렷하게 보이지 않았다.

그토록 이루고 싶었던 큰 꿈 하나를 힘들게 이룬 후 찾아온 무력감은 생각보다 나를 힘들게 했다. 이 꿈만 이루면 모든 것이 바뀔 줄 알았다. 세상이 180도로 바뀌어 나를 맞아주고 반겨주고, 그리고 미국에서 지낼 수 있는 신분 걱정도 싹 사라질 줄 알았는데, 영주권 신청 실패로 돈도 날리고 앞으로 매 2~3년에 한 번씩 재신청해야 하는 아티스트 비자에 대한 스트레스와 신청 비용, 계속 나를 꾸준히 증명해야 한다는 것에 깊은 회의감이 찾아왔다. 또다시 길을 잃은 것 같았다.

가족들이 많이 보고 싶어서 엄마에게 울면서 전화한 날도 많았다. 엄마는 힘들 때 걱정하지 말고 돌아오라고 했지만, 그때 내 나이 26, 솔직히 나는 여기까지 왔는데 다시 돌아가서도 잘 할 수 있을까 걱정도 들었다. 처음에 춤을 시작하며 프로페셔널 댄서를 꿈꾸고, 실패라는 생각을 해본 적이 없었다. 무조건 잘할 수 있을 것 같았고 잃을 것이 없다는 각오로 내 모든 것을 내던졌다. 다시 목표를 재정비

해야 했다. '내가 이룬 성공과 내가 경험한 실패를 가지고 앞으로 어떻게 이어나가야 할까? 내가 선택한 길이 정말 나에게 맞는 길이고 내가 가장 사랑하는 우리 엄마를 잘 모실 수 있도록 뒷받침할 수 있는 길인 걸까? 아니면 이 길에서는 돈을 버는 것을 바랄 수 없는 것일까?' 종일 고민에 빠졌고, 그 고민 속에서도 답을 찾을 수 없어서 무력감만 커지고 있었다.

사람이 우울증에 빠지면 극도의 무의미함이 모든 것을 정복해 버린다. 그 상태에 도달하면 먹는 것도, 쇼핑을 하는 것도, 그 어떤 것도 행복을 주지 못한다. 댄스로 생각해보면, 나를 포함한 많은 댄서가 목표를 가지고 많은 시간과 땀을 쏟으며 엄청난 연습을 해서 기대를 하며 컴페티션에 나간다. 운이 좋아서 결과가 좋게 나올 때도 있지만 작은 실수나 심한 압박감으로 연습한 만큼의 재량을 못 보여줄 때, 결과가 안 좋게 나오면 엄청난 실망과 좌절에 휩싸이게 된다.

내가 실망과 좌절로 힘들었을 때, 댄서 친구에게 어떻게 극복해나가는지 물어본 적이 있었다. 그 친구는 이렇게 대답해주었다. "컴페티션을 식사 시간이라고 생각해. 꼭 잘해야만 하는 큰 인생 이벤트라고 생각하지 마. 매일 밥 먹는 것처럼 춤추고 연습하는 것도 마찬가지고, 컴페티션 자체도 그냥 네가 하루에 먹는 밥 한 끼일 뿐이야. 밥을 다 먹으면 인생이 끝나는 게 아니잖아. 너는 또 내일 밥을 먹게 될 것이고 음식을 음미하는 데 행복을 느끼며 평생 죽을 때까지 맛있는 밥을 먹을 수 있어. 기대되지 않아?"

정답이었다. 나는 오로지 한 가지만을 이루기 위해 죽을 둥 살둥 내 인생을 바쳐왔다. 물론 이런 타고난 근성으로 잘 할 수 있었고, 대담하게 뛰어들 수 있었지만, 다 이루고 난 뒤 모든 것을 소진하고 다음 챕터가 없었다. 친구의 한마디가 내가 바라보는 인생, 그리고 춤 인생의 시각을 크게 열어주었다. 오직 한 가지 목표가 아닌, 더 크고 궁극적인 평생의 목표가 있어야 한다는 것. 인생의 그 모든 순간의 행복이 평생 목표여야 한다는 것을 깨달았다.

현대사회에서 우울증은 빈번하게 우리를 찾아온다. 소셜미디어를 통해서 남들과의 비교도 쉬워지고, 어떤 사람들은 이런 것들로 자괴감에 더 쉽게, 자주 빠지게 된다. 우울증으로 무기력에 시달릴 때는 단순하고 간단한 목표를 세워서 실천해보는 것을 추천한다. 정말 아주 쉬운 것들이 좋다. 평소에 만들어보고 싶었던 레시피를 도전한 다던가, 뜨개질을 배워보는 것도 좋다.

나는 우울증에 빠졌을 때 하루 10분 줄넘기를 시작했다. 지금 은 매일 아침 줄넘기 30분으로 하루를 시작한다. 처음에는 1분 채우 는 것도 힘들었는데, 1분이 2분이 되고, 2분이 5분이 되고, 그렇게 30 분을 힘들지 않게 할 수 있게 되니까 내가 할 수 있는 것들이 무한하 다는 생각이 들면서 차차 자신감이 붙었고 재미있기 시작했다. 그리 고 운동 자체가 엔도르핀을 마구 증가시키기 때문에 행복감을 느끼는 데에도 많이 도움이 되었다. 이런 목표들이 아주 작은 것들이어도 괜 찮다. 목표를 달성하며 한 단계씩 나아가는 뿌듯함이 나에게 큰 행복 감을 주었고, 자신감을 주었다. 인생은 평생 배우고 발전시켜야 한다 고 생각한다. 그리고 그런 사고방식이 나를 더 행복하게 해주리라 확 신한다.

09

러브콜,
그리고 레드불

> **"** 나는 나의 꿈에 대해 사람들과 이야기할 때
> 눈을 반짝이며 내 야망을 표출하는 것을 좋아하
> 고, 내가 이야기했던 내 꿈을 이뤄내는 모습을
> 보여주는데 큰 뿌듯함을 느낀다.

세상은 내 마음을 가만두질 않는다. 어느 때는 모든 것들이 너무 잘 풀리는가 싶다가도 주기적으로 한 번씩 큰 돌덩이를 던지기도 한다. 마음이 멍투성이가 되면 자신을 다잡으며 홀로 상처를 치유한다. 그러다 또다시 조그마한 구멍에서 밝은 빛이 비치면 나도 모르게 그 빛을 잡기 위해 온몸을 내던진다. 그렇게 따스한 빛을 안고 하늘을 둥둥 떠다니는 기분을 만끽하다가 다시 태풍을 만나면 갈기갈기 찢기며 추락한다.

영주권에 실패했다는 좌절감과 우울증으로 몇 개월을 보내던 때, 갑자기 좋은 기회들이 찾아오기 시작했다. 전국적인 광고를 찍으면서 많은 수입이 들어왔고, 마스터 카드, 팀버랜드 등 광고와 뮤직비디오 등등 수없이 많은 일이 몰려오면서 행복하고 바쁜 하루하루를 보내게 되었다. 그러다가 이메일이 하나 도착했는데 바로 내 커리어가 하늘로 솟구치는 계기가 되었다.

메일 내용은 레드불에서 일하는 분이 나에 대해 알고 싶은데 가볍게 미팅해 볼 수 있겠냐는 제안이었다. 솔직히 너무 뜬금없어서 레드불 회사에서 왜 나를 알고 싶은지 생각이 많아졌다. 무엇 때문에 나를 알고 싶을까? 내가 레드불과 무슨 연관이 있기에 나를 궁금해하는 걸까? 호기심과 함께 들뜬 마음으로 미팅에 갔다. 미팅 장소는 LA 산타모니카에 있는 레드불 USA 본부였다. 도착부터 뭔가 심상치 않은 좋은 기운을 느꼈다. 어마어마한 크기의 빌딩에 정말 많은 사람이 일하고 있었고, 빌딩 안에 전문 체육관과 식당, 카페까지 레드불이라

내 꿈을 디자인하다

는 브랜드가 얼마나 큰 브랜드인지 실감할 수 있었다.

미팅은 즐거운 대화로 가득했다. 나와 미팅을 했던 Erica는 지금 레드불의 문화 마케팅 디렉터로 내가 정말 좋아하고 아끼는 나의 보스이자 좋은 친구이다. 〈유 캔 댄스〉 경험이 어땠는지도 궁금해했고 나의 댄스 커리어에 대한 야망과 여러 가지 질문을 받았다. 나는 막힘없이 내가 느낀 경험을 풀어놓았고, 앞으로 댄서로서 아티스트로서 어떠한 야망이 있는지도 꾸밈없이 이야기했다.

나는 나의 꿈에 대해 사람들과 이야기할 때 눈을 반짝이며 내 야망을 표출하는 것을 좋아하고, 나 또한 친한 친구들의 꿈에 대해 들어주고 함께 이야기하는 것을 아주 좋아한다. 하지만 그렇다고 꿈을 자랑하고 다닌다는 것이 아니라, 내가 이야기했던 내 꿈을 이뤄내는 모습을 보여주는데 큰 뿌듯함을 느낀다. 그렇게 나는 나 자신을 표현하면서 너무 행복한 시간을 보냈고, 그런 나를 보고 Erica 또한 아주 큰 에너지를 받고 좋은 이미지를 보았던 것 같다.

미팅을 하고 나서 레드불팀에서 여러 이벤트에 나를 초대하였다. 세계적으로 너무 유명하고 오래된 브레이킹 배틀 이벤트 '레드불 비씨원' 캠프에 초대하여 팝핑 워크숍을 할 수 있게 해주었고, 월드 파이널이 열리는 스위스 취리히에도 나와 내 크루를 초대하여 퍼포먼스를 할 수 있게 해주었다. 그 이후에도 꾸준히 비씨원 이벤트 이곳저곳을 돌며 많은 활동을 할 수 있었다. 즐거운 하루하루를 보내고 많은 사람들, 댄서들도 만나고 뭔가 앞길이 밝을 것 같다는 느낌을 크게 받았다.

취리히에서 공연과 워크숍까지 마친 후, Erica가 레드불의 공식 스폰서를 받는 댄서가 되어 앞으로도 함께 쭉 일해보는 것은 어떻겠냐고 제안하였다. 레드불 댄서는 현재 전 세계적으로 알려진 비보이, 비걸, 그리고 나와 같은 스트릿 댄서들을 다 합쳐 24~25명 정도가 된다. 그중에는 자랑스러운 우리나라 B-Boy인 Hong10 오빠와 Wing 오빠도 있고, 프랑스, 일본, 오스트리아, 독일, 캐나다 등 최고 중의 최고들이 전부 모여있다. 모두 세계적인 배틀에서 우승을 거머쥔 상징적인 댄서들이고, 내가 그중 한 명이 된다니 듣고도 실감이 나질 않았다.

내가 제대로 실감한 것은 Erica에게 이 이야기를 듣고 3개월 뒤였다. 계약서를 받고서도, 읽을 때까지도 나는 내가 레드불 댄서가 된다는 것도 모르고, 영어를 잘못 알아들었다고만 생각하며 다른 이벤트에 대한 계약서라 생각했다. 주위 친구들이 소스라치게 놀라며 축하한다고 말해주니 드디어 실감 할 수 있었다.

레드불은 댄서들 말고도 많은 선수들을 스폰한다. 스케이트보더, 스카이다이버, 바이커, 뮤지션, 게이머까지도 정말 세계에서 유명하고 내로라하는 실력자들을 지원하고 있다. 레드불 아티스트들은 지정된 레드불 선수들만 입을 수 있는 옷을 입고 레드불을 대표하게 된다. 이런 큰 레이블이 내게 붙다니, 그렇게 나와 레드불의 인연이 시작되었다.

10

세상을 여행하다!
- 브라질

> 춤 이라는 것,
> 내 직업에 대해서 더 큰 자부심이 생겼다.

댄서라는 직업으로 세계 여러 나라를 여행할 기회가 많았는데 그중에서 제일 잊을 수 없는 나라 중 하나는 단연 브라질이다. 정말 좋은 계기로 브라질 쿠리치바에서 열리는 브라질에서 제일 큰 댄스 퍼포먼스 대회 심사를 맡게 되었는데, 심사뿐만 아니라 워크숍, 그리고 퍼포먼스까지 하는 일정이었다.

첫 남아메리카 여행이라서 정말 기대를 많이 했다. 역시 브라질의 에너지는 대단했다. 생각했던 것보다 훨씬 많은 댄서가 모여서 나를 반겨주었다. 정말 열정적으로 반겨주었는데, 내 워크숍에는 1,000명이 넘는 댄서들로 꽉 찼고, 내가 한 걸음, 한 동작, 한마디 할 때마다 큰 함성과 함께 열정적으로 표현해주었다.

브라질을 여행하면서 가장 감동한 것은, 댄서들의 열정이 정말 대단하다는 것이다. 워낙 열정적인 나라인데다가 파티를 하거나 춤을 출 때의 표현력, 그리고 종일 모든 클래스를 꽉 차게 들을 정도의 열정은 나까지 감동하게 했다. 쉴 틈 없이 춤추고, 파티하고, 표현하고 내가 평소에 춤을 추면서 느껴보지 못한 또 다른 뜨거움이었다.

브라질에는 프로페셔널 댄서들도 많지만, 재정적인 지원이 부족해서 열정 하나만으로 춤을 추는 친구들이 많았다. 그렇지만 세계 어느 댄스 탑클래스 나라와 견주어도 빠지지 않았고 실력 역시 대단했다.

쿠리치바 이외에도 '히우그란지두술주'와 '벨루오리존치'라는 곳을 두 번 더 여행했는데, 여행할 때마다 많은 에너지를 받았고, 그들이 춤으로 어떻게 하나가 되고 열정적으로 살아가는지 100%로 경험하고 느낄 수 있었다. 그리고 새롭게 브라질 댄스 장르인 'Passinho'까지 다양한 장르의 댄스도 직접 배우고 경험할 수 있었다. 기회가 된다면 브라질을 꼭 다시 한번 오랫동안 여행해보고 싶다. 브라질 댄서들에게 받은 큰 사랑과 그들의 한마디 한마디가 나에게는 정말 큰 감동이었다. 춤이란 것, 그리고 내 직업에 대해서 더 큰 자부심이 생겼다.

11

세상을 여행하다!
- 인도

" 인터넷 그리고 소셜미디어를 통해서
더 많은 다재다능한 인도 댄서들이
세상 밖으로 나올 수 있으면 좋겠다.

브라질 이후에 또 감동하였던 여행지는 바로 인도다. 인도는 인생의 가치에 대해서 많은 생각을 할 수 있었던 여행지였다. 레드 불의 스케줄로 댄스 영상 촬영 한 번, 'Red Bull BCOne World Final 2018' 참여로 뭄바이에 두 번 방문했었는데, 이 여행을 통해서 내가 얼마나 누리면서 살아왔는지, 살아오면서 당연하게 여겼던 것들이 얼마나 감사한 것들이었는지 깨달았다.

레드불은 항상 세상의 곳곳을 여행할 때마다 최고급 호텔에 머물게끔 해준다. 뭄바이에서도 5성급 호텔에 머물렀는데 호화로운 호텔 안의 모습과 호텔 밖 현실의 차이가 큰 충격이었다. 일단 호텔 안에 들어갈 때는 항상 보안 체크를 했고, 호텔 안에서는 내가 공주라도 된 것처럼 직원들이 'Ma'am'이라고 부르며 너무 친절하게 모든 것을 챙겨주었다. 호텔 내부도 깨끗했고, 조식까지도 호화로웠다.

하지만 호텔 밖의 모습은 나를 많이 슬프게 했다. 금방이라도 무너질 것 같은 건물들, 거리에 쌓여있는 쓰레기들과 염소들, 주인 없는 개들이 활보했다. 건물이 아닌 노출된 벽 같은 곳에서 생활을 꾸려 살아가는 사람도 있었고, 구걸하는 사람들이 길거리 전체에 정말 많았다. 차에 타고 있어도 차 창문을 만지작거리고 두드리며 구걸하기까지 했다. 방문 전부터 이야기는 많이 들었지만 직접 경험해보니 또 다른 느낌이었다. 나는 매일 물을 마시고 샤워를 할 때 얼마나 감사함을 느꼈을까? 감사함을 느끼기나 했을까? 나에게는 매일 매일 당연하고 기본적인 생활이 누군가에게는 정말 감사한 일이라는 것을 두 눈으로 직접 보고 나니 나 자신을 돌아보게 되었다. 영상 촬영을 위해 슬럼가를 방문했을 때는 많은 인도 사람들이 촬영하는 곳까지 구경하러 왔다. 아이들도 계속 인사를 하며 반겨주었고, 힘든 환경 속에서도 그들은 종일 진행되는 촬영을 구경하겠다고 온종일 주변을 서성이며 웃고 즐기며 그 누구보다 행복해 보였다.

인도의 댄스신은 정말 열정이 넘쳤다. 인도에도 정말 잘 추는 댄서들이 많은데 춤으로 성공하기 힘든 여건이다 보니 잘 알려지지 못하고 주목을 받지 못하는 댄서들이 많아서 너무 아쉬웠다. 인터넷 그리고 소셜미디어를 통해서 더 많은 다재다능한 인도 댄서들이 세상 밖으로 나올 수 있으면 좋겠다. 세계적으로 유명해지고 더 많은 교류를 했으면 좋겠고, 앞으로도 그렇게 되리라고 굳게 믿고 응원한다.

12

29개국을 여행하며
느끼고 배운 것들

> 내 인생이 어떻게 될지 모르는 불안함 1%에
> 무슨 일이든 즐겁고 재미있게 긍정적으로
> 해보겠다는 모험심 99%를 안고 살고 싶다.

세상 곳곳을 여행하다 보면, 시야도 넓어지고 내가 가지고 있는 그릇이 점점 채워지는 느낌이 든다. 어릴 적에는 왜 그렇게 역사 공부하는 게 싫었나 싶은데 지금은 세계 곳곳을 돌아다니며 그 나라 문화를 몸소 체험하면서 많은 것들이 궁금해지기 시작했다. 보통 사람들은 관심이 있는 것들은 잘 기억하지만, 그 외의 것들은 금방 잊어버리고는 하는데 여행을 다니면서 직접 느끼는 것들은 쉽게 잊을 수가 없다. 또 여행은 책으로 배우고 인터넷으로 알 수 있는 정보들 외에, 실제 그 나라 사람들의 생활 모습이나 문화, 사람들의 성향도 알 수 있는 점이 흥미롭다.

나는 대부분 춤을 통해 여행을 다녔는데, 댄스의 세계는 인터넷과 소셜미디어의 발달로 모두가 얽히고설켜 있어서 서로를 알기가 쉽다. 그래서 대부분 여행지에서 관광명소뿐만 아니라 현지 댄서들이 투어를 해주는 경우가 많다. 그러다 보니 진짜 그 나라 사람들이 사는 모습, 현지인들이 즐겨 먹는 음식들, 숨어있는 명소들을 방문할 수 있다. 또 그들의 집에도 초대받아서 더 가까이 생활 모습들도 보고 체험할 수 있다. 모든 나라의 댄서들이 너무 잘해주어서 정말 감사했고 그들이 LA에 오게 된다면 그때는 내가 특별히 더 잘 대접하겠다는 약속도 해두었다.

생전 듣지도 보지도 못했던 안도라에서 두 달 살기, 엄청난 카지노의 나라 세금 없는 모나코, 프랑스에서도 파리처럼 대도시뿐만 아니라 와인이 맛있었던 보르도, 리옹, 몽펠리에 같은 도시들과 6개월

@캐나다

동안 독일의 아주 조용한 도시 슈투트가르트에서 살아보기도 하였다. 춤이 아니었다면 내가 스스로 이렇게 구석구석 여행하려고 했을까? 명소들 몇 군데 돌아다니는 것이 전부였을지도 모른다. 그리고 내 인생 최고의 여행지는 모두 예상하지 못한 곳들이었다. 앞으로도 댄서로, 춤을 통해서 더 많은 나라를 여행하게 될 것 같다. 어떤 나라에서 어떤 친구들을 사귀고, 삶의 환경이 180도 다른 곳에서 어떤 재미있고 충격적이고 멋진 경험을 하게 될지 너무 궁금하다. 이런 경험들은 나에게 보물들이고 내가 앞으로 인생을 살아가면서 나를 성장시키는 발판이 될 것이다.

하지만 전 세계를 돌아다니며 예술 활동을 하는 아티스트 (Traveling Artist)는 직업상 여행을 계속 다니게 되고 역마살 낀 것처럼 어느 한 곳에 붙어있질 못하는데, 그 삶에서 오는 즐거움도 정말 크지만 불안함, 그리고 외로움도 얼마나 큰지 정말 뼈저리게 느낀다. 그런데도 내가 사랑하는 예술로 세상에 우리나라를 알리고 우리의 멋진 재능으로 많은 이들에게 행복과 감동을 주는 것이 얼마나 대단한 일인지 자부심이 있다. 나는 LA에 살지만, 2022년만 해도 70%를 LA가 아닌 해외에서 보냈다. 한국도 포함하고 있지만 정말 많은 곳을 연속으로 여행하면서 몸은 좀 힘들어도 내가 사랑하는 댄스로 나와 내 나라를 알리고 있다는 생각에 항상 힘이 난다.

먼 미래에는 여행을 조금 줄이면서 나만의 사업을 더 확장하고 싶은 생각이 있지만, 지금은 할 수 있을 때 최대한 많은 경험을 하고 더 큰 사람이 되어 젊은 세대에게 도움이 될 수 있는 선배가 되고 싶다. 앞으로도 쭉 내 인생이 어떻게 될지 모르는 불안함 1%에 무슨 일이든 즐겁고 재미있게 긍정적으로 해보겠다는 모험심 99%를 안고 살고 싶다. Metal Mindset with Marshmallow Soul 〈3

@라스베가스

@푸에토리코

@밀라노

STORY 04
내가 디자인하는
현재 그리고 미래

$$\boxed{01}$$

여기까지 올 수 있었던
나의 버팀목

" 엄마는 나의 정신적 지주이자
내가 평생 존경하는 사람.
나이를 먹고 눈을 감는 날까지도
가장 사랑하고 존경하는 사람이다.

31년. 롤러코스터처럼 힘든 날도 정말 많았고, 말로 표현할 수 없을 정도로 행복했던 순간도 많았다. 지칠 만도 한데 포기하지 않고 여기까지 올 수 있었던 버팀목은 바로 우리 엄마.

　나에게 엄마란 존재는 너무 크다. 엄마가 없었으면 절대 여기까지 올 수 없었다. 엄마는 나의 정신적 지주이자 내가 평생 존경하는 사람. 내가 나이를 먹고 눈을 감는 날까지도 우리 엄마는 내 가슴속의 평생 1위, 가장 사랑하고 존경하는 사람으로 간직될 것이다. 아빠 없이 모든 것을 혼자 해내면서 우리를 키워 온 엄마이기에 엄마가 조금만 힘들어해도 내 가슴이 찢어지는 것 같았다. 어린 시절, 힘든 일도 많았고, 재정적으로 부족했지만, 엄마는 나의 모든 것이었고 엄마에게도 나와 언니가 전부였다는 것을 너무나도 잘 알았다.

　그래서 무슨 일이 있어도 실망하게 하고 싶지 않았고, 꼭 성공해서 엄마의 부담을 덜어주겠다고 어린 나이부터 결심했다. 지금 생각해보면 많은 것을 가지고 태어나지 않았기에 내가 채울 수 있는 공간이 많았던 것 같다. 조금씩 채워가면서 행복감을 느꼈고 내가 해냈다는 자부심이 내가 가고자 하는 길에 윤활유 역할을 해주었고, 지금은 그것이 내가 가진 인생의 선물이 되었다. 어릴 때는 내가 태어난 이 환경이 엄청나게 원망스러웠는데, 지금 생각해보면 이런 일들이 있었기에 내가 더 단단해질 수 있었다.

　하지만 미국에서 쭉 생활하면서 한국에 있는 가족들에게 조금 미안함을 느낀다. 가족을 떠나 먼 나라로 오면서 많은 시간을 함께하지 못했고, 엄마는 늘 언니와 강아지와 함께 시간을 보냈다. 미국 생활 초창기에는 재정적으로 힘들어서 한국에 자주 갈 수도 없었다. 그래서 성인이 된 후 엄마와 함께해보지 못한 것들이 정말 많아서 후회가 많이 된다.

2021년 코로나로 여행이 힘들어졌을 때 엄마의 암 진단 소식을 언니한테 전해 듣고서, 그동안 내 앞날만 보면서 열심히 사느라 너무나 중요한 한 가지를 잊고 살아왔다는 좌절감에 아주 힘들었다. 10년 동안 타국에 나와 살면서 엄마와 많은 추억을 만들지 못했다는 것에 나 자신을 자책했고, 코로나 기간에도 틈틈이 시간을 내어 한국을 자주 방문했다. 수술, 항암 기간에도 엄마를 많이 도와드렸고 지금은 다행히 항암을 무사히 마치고 깨끗한 상태로 건강하게 회복 중이다.

항상 프로젝트에 사로잡혀 모든 에너지를 쏟고 그 프로젝트가 끝나면 곧이어 바로 다른 프로젝트에 뛰어들었다. 과정보다는 결과를 이뤄내는 것에 더 많은 중점을 두었고, 성공해야 한다는 마음에 나 자신을 엄격하게 다스리며 살아왔다. 근데 이것들이 전부가 아니었다. 이런 것들 역시 삶의 일부분, 한 조각일 뿐이었다.

꿈을 좇아 살아온 이 인생이 멋지고 아름답다는 생각이 들다가도 사랑하는 사람을 챙기고, 그들과 함께 시간을 보내며 많은 추억을 만들고, 결과만큼 과정에서 느낄 수 있는 행복감을 즐길 줄 아는,

그런 것들이 이제는 내가 놓치고 싶지 않은 인생의 중요한 목표가 되었다. 이제라도 내 주변에 놓치고 살아온 것들을 깨닫고 함께 할 수 있게 된 것이 기쁘다.

언제나 현재에 만족해본 적 없이 항상 미래를 꿈꾸며 살아왔기 때문에, 그만큼 이루었을 때의 허망함도 컸다. 하지만 이제는 한순간 한순간을 오롯이 즐기고, 가끔은 속도를 조절하여 주변을 둘러볼 줄 아는, 크고 작은 모든 것에서 행복함을 느끼며 살고 싶다. 나는 앞으로 더 단단한 인간, 아티스트, 댄서, 딸이 될 것이고 이런 가르침을 주신 내가 세상에서 제일 사랑하는 우리 엄마에게 큰 존경을 표한다.

02

다시 찾아온 트라우마

" 트라우마를 극복하기 위해서는 반드시
그 기억을 끄집어내어 맞닥뜨리고
마주해야 한다.
그렇게 마주하고 치료받아야 한다.

하루는 한국에 있는 언니에게 연락이 왔다. 우리 집에 누군가가 침입하려고 창문을 부수고 핏자국을 남겼다는 소식이었다. 나는 미국에 있었기 때문에 그 소식을 뒤늦게 확인했고, 너무 큰 충격에 두근거리는 심장을 부여잡고 언니에게 전화를 걸었다. 엄마 바로 옆집에 사는 사람이 술에 잔뜩 취해 우리 강아지 욕을 하며 죽이겠다고 칼을 들고 침입하려 했다는 것이다. 우리 집 창문은 이중 구조인데 창문 하나는 깨졌지만, 다행히도 두 번째 창문을 깨려다가 포기하고 돌아갔다는 것이다. 엄마와 언니는 바로 경찰에 신고하고 안방에 문을 잠그고 숨어있었다고 했다.

깨진 창문과 곳곳에 묻어있는 핏자국에 정말 소름이 끼쳤고 내가 함께하지 못했다는 것에 다시 회의감과 죄책감이 들었다. 엄마와 언니는 정신적으로 충격을 많이 받은 상태였고, 몇 시간 뒤에 경찰이 와서 다행히 집 밖으로 나와 피신했다고 했다. 한 가지 슬픈 사실은 여전히 경찰은 그 남자에 대해 별다른 조치를 하지 않았다. 이유는 창문이 깨진 것 빼고는 다친 사람은 그 남자뿐이었고, 증거가 없다는 것이었다. 그 남자는 경찰에 체포되었지만, 바로 풀려났다. 뒤늦게 들은 이야기로는, 그 남자는 이전에 사고로 머리를 다친 적이 있어서 정신적으로 조금 건강하지 못한 상태고, 그 일이 있기 전부터도 엄마만 보면 아무 이유 없이 욕설을 뱉고 신경질적으로 돌변했다는 것이었다.

이 소식을 듣고 나는 매일 잠을 잘 수 없었다. 엄마가 너무 걱정됐다. 엄마는 창문을 새로 수리하는 동안 친구 집에 피해 있었고, 집주인 아주머니의 도움으로 그 남자를 이사시킬 수 있었다. 트라우마는 어떻게 해야 치유할 수 있을까? 없었던 일처럼 가슴속 깊은 곳에 묻어두면 괜찮아질 수 있을까? 트라우마는 제대로 치유하지 않으면 언젠가 준비가 되어있지 않은 순간 불쑥 튀어 올라 사람을 극적으로 괴롭힌다. 한동안 비슷한 일이 일어나지 않아 마음 놓고 있었는데. 이렇게 오래전 일과 비슷한 방식으로 찾아온 소식 때문에 심장 떨림이 사그라지지 않고 나를 계속 괴롭혔다. 공황장애가 다시 온 것 같이 일이 제대로 손에 잡히지 않았고 시도 때도 없이 식은땀이 흐르며 떨리는 가슴을 주체할 수가 없었다. 몸과 정신이 극한 긴장 상태의 계속이었다.

다행히 나는 그때 정신과 상담을 받고 있었고, 선생님의 도움으로 PTSD(외상후스트레스장애) 치료를 받게 되었다. 이 치료는 한 번의 상담으로는 치료할 수 없고, 꾸준히 받아야 하는 트라우마 치료인데 처음 몇 번은 상담을 받는 동안에도 너무 힘들었다. 선생님은 처음 상담을 시작하자마자 그때의 트라우마를 한 줄로 해석하여 내가 다시 마주하게끔 하였다. 그렇게 여러 번 상담을 받으면서 안 좋았던 기억을 나의 마음의 안식처에 옮기는 것을 반복했다. 나는 어릴 적부터 내가 받았던 충격들에서 도피하거나 어딘가에 묻어두면 괜찮을 줄만 알았다. 지금 생각해보면 안 좋은 기억은 빨리 잊어버리려는 습관이 있는데, 어릴 적 경험했던 트라우마 때문에 나를 빨리 방어하고자 도피하는 것이다.

또 피할 수 없는 상황에서 스트레스를 많이 받으면 그 상태를 억지로 즐기려고 하거나 그러지 않은 상황이더라도 일부러 스트레스 상태로 자신을 몰아가는 경향이 있다. 나는 미국에서도 한국의 심리 상담 TV쇼를 자주 즐겨본다. 전문가의 이야기를 들으면 내 이야기 같은 것들이 많다. 정말 신기하기도 하고 실제로 많이 도움이 된다.

최근에 인상적이었던 내용은, 피하기만 하면 될 줄 알았지만 언젠가는 그것들이 다시 나를 찾아와 괴롭힌다는 것이다. 트라우마를 극복하기 위해서는 반드시 그 기억을 끄집어내어 맞닥뜨리고 마주해야 한다. 그렇게 마주하고 치료받아야 한다. 힘든 일이 있다면 속으로 끙끙 앓으며 삭히지 않았으면 좋겠다. 주변에는 도움을 청할 곳이 생각보다 아주 많다. 이야기를 들어주고 조금이라도 도움을 주고 싶어 하는 사람이 아주 많다. 15년도 더 된 오래된 트라우마도 끝난 것이 아니었던 것을 안식을 찾아가는 지금에서야 깨달았다.

03

아빠에게 쓴 편지

"" 나 잡아줬으면 좋겠어.
인생에 한번은
누가 나 진짜 강하게 잡아줬으면 좋겠어.

너무 힘들고 답답할 때면 아빠에게 편지를 썼다. 하소연할 곳이 필요하거나 가슴이 답답하고 사는 게 힘겨울 때, 나는 아빠에게 편지를 쓰면서 위로받았다. 아빠가 항상 우리 가족을 지켜주고 있다고 생각하기 때문에, 편지를 쓰면 아빠가 보고서 우리에게 힘을 줄 것이라 굳게 믿었다. 2021년 엄마가 암 진단을 받고 너무 힘들었을 때도 아빠에게 편지를 썼다.

나 길을 잃은 것 같아. 어떻게 나를 바로 잡고 어느 방향으로 가야 할지도 모르겠고. 그렇게 에너지 넘쳤던 나 자신이 어디로 갔는지도 모르게, 나는 너무 지쳐있는 것 같아.

나 너무 많이 지쳤어. 나 자신을 이렇게 지치게 한 게 어느 정도는 나인 것 같기도 해. 마음 다르게 먹었다면 나는 심적으로 외적으로 다른 곳에 있을까?

삶은 뭐야 아빠? 내가 아빠보다 더 많이 살았는데. 내가 더 잘 알려나? 나는 아직도 모르겠어 하나도, 내가 무엇 때문에 살아왔는지도… 아 근데 나를 푸쉬할 수 있었던 건, 내가 사랑하는 춤과, 음악, 그림. 그리고 우리 엄마 언니 였던 건 정말 확실한 것 같아. 내 삶의 목적은 뭘까? 나는 무엇을 위해 이렇게 열심히 살아왔을까? 열심히 살아오긴 한 걸까? 아니면 미련하게 내 고집 피우면서 살아오다 보니 여기까지 온 걸까?

내가 아파도, 내가 슬퍼도, 내가 힘들어도 세상은 계속 빠르게 움직이고, 돌아가는데. 나는 왜 이렇게 힘들까? 그냥 다 놓아버리고 흘러가는 대로 놔두는 게 맞는 걸까? 아니면 계속 뭐라도 해보려고 노력해야 하는 건가?

아빠 나 30년 동안 아무리 생각해봐도 모르겠어. 내 안에 있는 건 아는데. 내 스스로가 마음먹고 행동하고 살아가야 하는 거 너무 아는데. 나 자신이 너무 나약해지면 아무것도 못 할 것 같아. 나 잡아줬으면 좋겠어. 인생에 한 번은 누가 나 진짜 강하게 잡아줬으면 좋겠어. 가이드 해줬으면 좋겠어.

04

슬럼프를 극복하는 방법

99 운명이라면 끝이 아니니까
너무 걱정할 필요도 없다.
우리는 그만큼의 가능성이 있으니까.
We all have room to grow. And glow ;)

내 인생의 2/3를 춤과 함께 보냈다. 내가 느낀 슬럼프는, 시도 때도 없이 찾아오고 나를 힘들게 또는 무기력하게도 만들지만 나에게 정말 큰 원동력이 되는 아주 소중한 동기 부여의 시간이기도 하다. 인생에 굴곡 없었다면 내가 지금 느낄 수 있는 희열감, 이루어냈다는 자긍심과 이 모든 것에 감사할 기회가 없었을 것이다. 많은 것들을 가지지 못했기 때문에 나를 더 혹독하고 엄격하게 수련할 수 있었고, 도전할 수 있었다.

성공하기 위해서 모두가 힘들 나날을 겪어야 한다는 것은 아니다. 하지만 무언가 원하는 목표를 이루기 위해서는 힘든 개인 수련 과정을 거쳐야 한다. 그것이 누군가에게는 2년이 걸릴 수도 있고 20년이 걸릴 수도 있지만, 그 과정을 거쳐야 성공이라는 달콤한 순간을 즐길 수 있는 것 같다. 주어진 환경에서 나를 끄집어내어 원하고 꿈꾸는 것을 이루어내는 것이 얼마나 행복하고 가치 있는 일인지 세상 사람들 모두 느껴볼 수 있다면 좋겠다.

주변 환경에 의해 슬럼프가 찾아오기도 한다. TV에 출연하고, 레드불과 계약을 하고 나서 욕설과 비방글에 많이 시달렸다. 내 영상이 몇백만 조회 수가 나오고 이곳저곳에 많이 알려지면서 좋은 댓글들과 사랑도 많이 받았지만 그만큼 비방글과 욕설 그리고 시기 질투도 많이 받았다. 그동안 나를 지지해주는 것 같았던 일부 댄서 친구들도 뒤에서 내 험담을 했고, 평가하며 질투하고 시기했다. 한동안 춤 자체가 싫어지고 사람들의 시선이 싫어졌다. 점점 숨어서 춤추고 싶어졌고 내가 나온 영상들이 보기 싫었다. 오랫동안 마음이 아팠다.

당연히 악플러들에게 문제가 있다는 것을 알고 있다. 내 문제가 아니라 남을 비방하고 깎아내리는 그들에게 문제가 있다는 것을 잘 알면서도 겪어보니 생각처럼 잘되지 않았다. 매일 보게 되는 그 한마디가 얼마나 상처였는지. 내 인생 절반 넘게 열심히 갈고 닦은 것들이 아무 이유 없이 그들만의 잣대로 평가당하고 욕설의 대상이 되었다.

이런 일들로 힘들었을 때 한국을 방문했다. 여느 때와 같이 댄서 친구들과 춤도 추고 식사도 하고 즐거운 시간을 많이 보냈는데, 하루는 술이 조금 많이 들어갔는지 그동안 혼자 눌러두었던 설움이 술자리에서 터져 나왔다. 오랫동안 존경해온 스승님이자 선배님인 Poppin J(이재형) 오빠와 같이 어릴 때부터 춤춰온 친구, 오빠, 언니들과 함께 술을 마셨는데, 재형 오빠와 얘기하던 도중 너무 힘들다며 설움을 털어놓았고, 그걸 본 재형 오빠는 놀랍게도 나를 보고 행복해했다. "인영아, 나는 네가 이런 경험을 하게 되어서 너무 행복해. 이런 경험 아무나 하는 거 아니야. 이런 경험을 하고 있다는 건, 네가 잘하고 있다는 뜻이야. 관심을 달게받고 이걸로 인해 더 단단한 멋진 댄서가 될 수 있어. 너에게 그 기회가 온 거야" 그 말을 듣고 펑펑 울었다. 같이 있던 댄서 친구 언니들도 함께 울었다.

잘하고 있다는 말, 내가 정말 듣고 싶었던 말이다. 혼자 미국까지 와서 여러 가지를 해나가면서 나에게 선배처럼, 아빠처럼 안아주고 받아주고 기댈 수 있는 곳이 없었는데. 너무 감사했고 무거웠던 가슴이 아주 많이 가벼워졌다. 힘든 시간이 오면 주저하지 말고 주변에 믿고 사랑하는 사람들 그리고 존경하는 사람들과 함께 나누면 좋겠다. 서로 나누고 들어주다 보면 이 길고 긴 터널도 언젠가는 끝이 나고 다시 밝은 빛, 맑은 공기를 맡을 수 있다. 가끔은 내려놓고 마음이 행복해지는 것에 귀 기울여 보는 것도 좋겠다. 운명이라면 끝이 아니니까 너무 걱정할 필요도 없다. 우리는 그만큼의 가능성이 있으니까.

We all have room to grow. And glow ;)
(우리는 모두 성장할 여지가 있다. 그리고 빛날 기회도)

05

Directing,
Choreographing,
Performing

99 우리의 앞날은 창창하고,
이 신(scene)에서
더 크고 멋진 리더들이 되리라 확신한다.

　프로페셔널 댄서라 하면 라이브 퍼포먼스, 영화나 TV 시리즈, 뮤직비디오나 커머셜, 멋진 공연을 창조해내는 연출가, 안무가 등등을 비롯해 춤을 가르치는 선생님까지도. 댄서라는 직업 안에서 다양한 전문 분야들이 있다.

　가르치는 것을 잘하고 좋아해서 안무 선생님으로만 일을 하는 댄서들도 많고, 창작성이 뛰어나 직접 공연에 서지는 않더라도 안무를 만들어 지도하고 공연을 연출하는 안무가들도 세계적으로 많이 있다. 나는 욕심이 많은 사람이고, 여러 가지 다방면으로 잘하고 싶은 마음이 큰 댄서이다. 그러다 보니 개인 활동으로 배틀도 하고, 뮤직비디오와 커머셜에 참여하기도 하고, 세계를 돌며 워크숍도 진행하면서 춤을 가르치며 쉐어하고 더 나아가 최근에는 팀원들과 함께 안무를 연출하여 극장 공연을 다니며 우리를 알리고 있다. 다양한 것들에 도전하면서 내 오래된 경력에 새로운 한 줄을 추가하며 기분을 환기하는데, 댄서로서뿐만 아니라 인간으로서도 많은 공부가 되는 것 같다.

최근에 또 새로운 기회들이 많이 찾아왔다. 춤을 추다 보니 이렇게 책을 쓰기도 하고(아니 내가 책 작가가 되다니!), 작년에는 입생로랑 뷰티에서 "Abuse is not love(폭력은 사랑이 아닙니다)"라는 의미 있는 캠페인 제작에 감독, 안무가, 편집자, 댄서로 참여하기도 했다. 처음으로 내가 직접 연출하고 감독하는 프로젝트였기에 정말 많은 에너지를 쏟고 잠 한숨 안 자며 진행했던 캠페인이었고, 무엇보다 Domestic abuse(가정 폭력 또는 가까운 관계에서 일어나는 폭력)라는 주제를 가지고 우리 사회에서 빈번하게 일어나는 정신적, 또는 신체적 폭력을 인식하자는 깊은 주제를 안고 있었기 때문에 더욱더 잘해보고 싶었다. 내가 어릴 적 겪었던 것들을 끄집어내어 상상하며 창작해야 했기 때문에 정말 힘들었다. 일주일 동안의 정말 정신적으로 어두운 시간을 보낸 것 같다.

연출부터, 편집, 스토리보드 구성, 장소 섭외 그리고 인력 채용까지 모든 것을 나 스스로 해야 했고, 클라이언트의 부탁으로 안무부터 춤, 화장, 옷까지 모든 것을 내가 총괄해야 했다. 그렇게 해서 완성된 프로젝트는 좋은 피드백을 받았고 의미 있는 내용으로 좋은 결과물을 창조해냈다는 것에서 정말 큰 뿌듯함을 느꼈다. 앞으로도 더 많

은 좋은 작품들을 만들고 싶다는 동기 부여가 되었다.

팀 활동도 잘 풀리고 있다. 뉴욕에서 LA로 이사를 왔을 때부터 함께 한 나의 소중한 팀원 두 명이 있다. 우리는 트리오로 프랑스에서 온 Marie Poppins, 멕시코에서 온 Lily Frias, 그리고 한국인인 나를 포함해 여성 3인조로 현재까지 다양한 프로젝트에서 왕성히 활동하고 있다. 우리 셋 모두 각자의 자리에서 이미 많은 목표를 달성해왔고 오랫동안 실력을 갈고닦아왔기 때문에 그룹으로 활동을 시작하자마자 많은 사랑을 받았다. 각자 다른 대륙인 아시아, 유럽, 아메리카 출신으로 만났지만 공통된 댄스라는 언어와 꿈을 가지고 미국에 건너와 활동하고 있었기에 너무 수월하고 재미있게 활동할 수 있었다.

하루는 Marie의 제안으로 함께 안무를 만들어서 'Sweden Dance Delight'라는 큰 대회에 나가게 되었는데 좋은 피드백과 함께 1등을 거머쥐게 되었다. 그때는 팀 이름도 없어서 MLD (Marie+Lily+Dassy)라는 이름으로 대회에 참가했는데 그때 그 안무 비디오가 페이스북에서 3천5백만 조회 수를 찍으면서 급속도로 세계에 알려지기 시작했고, 그 이후에도 '태양의 서커스', '싱가포르 그랑프리 Formula 1', 'Vogue', 'YSL Beauty', 'Golden Stage 프랑스 전국투어'등등 정말 많은 프로젝트에 참여하였다. 그렇게 우리는 지금의 'Femme Fatale(팜므파탈)' 이란 이름으로 활동할 수 있게 되었다.

팀으로 많은 프로젝트를 경험하면서 개인 활동 못지않게 많은

것들을 배웠다. 이전에는 댄서로 캐스팅이 되어 누군가의 프로젝트를 춤으로 지원했다면 팀 활동은 우리 스스로 모든 것을 만들고 준비해야 하고 함께 아이디어를 모아 공연을 창작하거나 큰 프로젝트를 감독, 연출하는, 정말 많은 것들을 시도할 수 있었다.

다른 국적의 사람들과 같이 일을 하는 것이 절대 쉽지만은 않은 일이다. 하지만 그룹 활동을 통해 사람들을 열린 마음으로 볼 수 있게 되었고, 한국인으로서는 생각지도 못했던 새로운 문화들을 접하기도 한다. 그리고 그렇게 서로를 이해하며 한층 성숙한 사회생활 스킬을 습득하며 똑 부러지는 댄서가 될 수 있었다.

그리고 가장 중요한 것은, 이 멋진 두 여성을 통해서 생각보다 더 많은 힘을 얻었고, 끊임없이 영감을 받는다. 그들은 나처럼 꿈을 가지고 홀로 먼 미국 땅을 밟았다. 우리는 같은 비자 프로세스를 겪었고 서로가 얼마나 외롭고, 힘든 도전을 하고 있는지 너무나도 잘 이해하고 있다. 그렇기에 서로에게 큰 힘이 되어주고, 열심히 할 수 있는 원동력이 된다. 우리의 앞날은 창창하고, 이 신(scene)에서 더 크고 멋진 리더들이 되리라 확신한다.

THE DEPARTURE

KILLER INSTINCTS

The dance trio Femme Fatale pushes back against rigid gender norms—and redefines their art form.

Femme Fatale was shot in Los Angeles in March.

06

멈추지 않는 도전,
아트 비지니스

" 새로운 것을 시도한다는 것 자체만으로도
오랜만에 뜨거운 희열을 느낄 수 있었다.

2020년은 팬데믹으로 정말 힘든 해였지만, 나에게는 또 다른 새로운 기회가 열렸던 해이기도 하다.

나는 어릴 때부터 언니를 따라 스케치북에 이것저것 그리는 것을 좋아했다. A4 용지에 만화를 그려서 만화책을 시리즈별로 만든 적도 있었고, 유치원 때부터 초등학생 때까지는 매일 스케치북만 옆에 끼고 살았을 정도로 그림을 그리는 것에 많은 시간을 보냈다. 아직도 9살 때 그린 만화를 보면 쑥스럽기도 하지만 그 나이에 이런 스토리를 만들고 그렸다니 제법 귀여웠던 것 같다.

학교 미술 시간에는 다른 반 친구들이 종종 우리 반으로 모여

들어 내 그림을 구경하곤 했고, 선생님은 나를 다른 친구들이 그림을
잘 그릴 수 있도록 돕는 어시스턴트를 시키기도 했다. 사생대회가 있
거나 포스터 그리는 날에는 상상의 나래를 펼쳐 멋진 작품을 만들어
내서 상을 타기도 했다. 하지만 초등학교 고학년이 되면서 춤에 많은
관심이 쏠렸고, 그림 그리는 것은 자연스럽게 뒷전이 되어버렸다. 다
들 주변에서 왜 계속 그림을 그리지 않느냐고 물었지만 나는 정말 아
무 미련 없이 손을 떼어 버렸다.

물론 종종 미국에서도 심심할 때나 남자친구에게 선물을 주기
위해 그림을 그렸던 적은 있었지만, 그림에 대한 열정이 크게 있었던
것은 아니었다. 아마 한 가지에 매달려 파고드는 성격 탓에 춤 말고는
다른 것이 크게 관심이 없었던 것 같다. 그렇게 시간이 흘러 코로나가
전 세계적으로 퍼지면서 댄서들에게도 정말 힘들었던 시기가 찾아왔
다. 이제 막 일을 많이 하기 시작해서 절대 끝나지 않을 것 같았던 내
커리어도 순식간에 멈춰 버렸다. 코로나가 터진 직후에 잡혀있던 캐
나다 일정과 그해 여름에 있을 태양의 서커스 계약, 레드불과 함께 잡
혀있던 많은 여행 일정이 모두 취소되었고 집에만 있어야 하는 힘든
시간이었다. 아마 나 뿐만이 아니라 많은 아티스트들이 무엇을 하며
시간을 어떻게 보내야 할지 걱정스러운 시간이었을 것이다.

다행히도 집에서 연습과 함께 온라인 클래스를 진행할 수 있
었지만, 그럼에도 불구하고 당연히 많은 일이 취소되다 보니 정말 많
은 자유 시간이 생겼다. 돈을 벌지 못해서 힘든 날을 보내기도 했지

만, 그래도 이 많은 시간을 그냥 보낼 수 없다는 생각에 정말 오랜만에 다시 그림을 시작하게 되었다. 한 번도 시도해본 적이 없는 오일페인팅을 시작했고, 새로운 것을 시도한다는 것 자체만으로도 오랜만에 뜨거운 희열을 느낄 수 있었다. 그림을 그리는 것이 얼마나 정신적인 안정을 주는지 다시 한번 깨닫고 그대로 그림 그리는 것에 푹 빠져들게 되었다.

그때를 계기로 팬데믹이 준 새로운 기회, 아트 비즈니스를 오픈해서 잘 운영하고 있다. 현재 다섯 점의 그림을 그려서 그 그림의 프린트도 팔고, 또 내 그림을 담은 다이어리를 만들어서 판매하며 사업을 조금씩 확장하는 중이다. 아직은 다섯 점이라는 얼마 되지 않는 그림들이지만, 그림 하나를 완성하는 데에만 한두 달이 걸릴 정도로 많은 사랑과 정성을 담아서 완성했고, 그렇게 완성된 작품은 큰 행복감과 뿌듯함을 안겨주었다.

내 작품 중에서 제일 인지도가 많고 또 나에게 큰 기쁨을 준 작품은 바로 〈여인〉이라는 작품이다. 광복절을 기념하여 그린 그림인데, 한복을 입은 아름다운 조선 여인을 그리고 배경은 훈민정음으로 뒤덮어 유화와 금박을 사용하여 완성한 작품이다. 2020년 완성작이고, 똑같이 작품에 다시 작업을 조금 더 한 한정 버전도 10점의 프린트 전부 다 판매할 수 있었다. 한국계 미국인, 네덜란드, 이스라엘까지 정말 다양한 사람들이 그림을 구매했고, 감동적인 후기까지 받을 수 있었다.

한국적인 나의 그림을 사랑해주는 누군가가 있다는 것에 정말 큰 감사함을 느꼈고 앞으로도 내 내면의 세계를 끄집어내어 멋진 작품들을 많이 만들고 싶다고 생각했다. 아트 비즈니스 세계의 미래에 큰 기대감이 있고, 지금은 시간적 여유가 부족하여 새로운 그림을 그리는 것에 조금 더딘 편이지만 조금씩 확장하여 정말 큰 사업으로 키워내고 싶다.

07

나만의 슈퍼 파워 만들기

99 슈퍼 파워는 누군가 만들어 주는 것이 아니라,
내 안에서 나오는 것이다.

나를 아주 어릴 적부터 알았던 사람이라면 내가 얼마나 소극적이고 말 없고 부끄러움 많은 사람이었는지 잘 알 것이다. 친한 친구 몇 명에게만 나 자신을 오픈하고 평소에는 말 한마디도 하지 않았던 조용한 어린아이가 지금의 내가 되기까지, 정말 많은 변화가 있었다. 성인이 된 후에 만난 사람들은 내가 리더십있고 재미있고 통통 튀는 사람으로 알고 있다. 그래서 아주 어린 시절부터 알았던 친구들을 오랜만에 만나면 누구냐고 물을 정도로 정말 많이 변했다고 한다.

내 성격이 이렇게 외향적으로 변한 이유는 아무래도 춤이 큰 역할을 했다. 매일같이 친구, 동료들과 춤 연습을 함께 하면서 협동심이 자연스레 길러졌고, 사회생활도 일찍이 시작해서 언니 오빠들 동생들까지 다양한 사람들을 두루두루 많이 사귀게 되었다. 연습을 시작하면 일단 댄스가 활동적일 수밖에 없다 보니 다들 웃긴 일들도 많았고, 서로 자연스럽게 즐겁게 지낼 수 있었다. 그렇게 소극적이었던 성격도 자연스럽게 친구를 사귀는 것에도 스스럼이 없어졌다. 아마 지금 당장 어딘가 아는 사람 하나 없는 지구 한복판 떨궈놓아도 나는 그 누구와도 스스럼없이 친구를 사귈 수 있을 것이다.

중학교 댄스 동아리 시절에는 3학년 때 동아리 리더가 되면서, 자연스럽게 리더십을 기를 수 있었다. 동료 친구들과 어울려서 함께 동아리를 이끌어가고, 동생들에게는 좋은 영향을 줄 수 있도록 노력했다. 어린 시절이지만 지금까지도 도움이 많이 되는 인생 경험이었고, 춤을 가르치게 되면서 다시 한번 더 성장할 수 있었다.

정말 춤 하나가 나를 180도 바꿔놓았다. 사람이 살면서 변하는 것은 지극히 정상적이다. 변하면서 성장하고, 성장하기 때문에 변한다. 나만 보아도 내가 춤을 통해서 이렇게 발전하게 되고 당당한 사람이 될 수 있을 줄은 꿈에도 몰랐다. 지금의 새로운 내가 아주 만족스럽고, 첫사랑이자 마지막 사랑일 춤을 일찍이 찾은 것에 감사하게 생각한다. 내가 이제까지 자신감 있게 돌진할 수 있었던 것도, 소극적이고 굳어있던 성격을 춤이 중화시켜주었고, 그 과정에서 자연스럽게 나를 사랑하는 법을 배울 수 있었기 때문이다.

　　옛날부터 다른 사람들이 춤으로는 성공 못 한다는 이야기를 할 때마다, 오기를 부려 성공해서 보여주겠다는 생각이 나를 더 불타게 했다. 사람들의 부정적인 시선은 나를 더 강하게 만들었고 내가 더 열심히 할 수 있는 원동력이 되었다. 내가 좋아하고 사랑해서 몸과 마음을 다 바쳐 이루어나가고 있는 것을 남들이 부정하고 안 좋은 소리를 더하는 것이 너무 싫었다. 당연히 걱정되어서 해주는 말도 있겠지만, 사람마다 각자 여건이 있는데, 내 사정도 모르고 하는 소리까지 귀에 담을 필요는 없다. 그래서 나는 내 고집대로 갔다.

　　인생 선배들의 조언을 귀담아듣는 것도 정말 큰 도움이 될 수 있겠지만, 나는 개인적으로 내 신념을 조금 더 강하게 믿고 자신감 있게 밀어붙이고 싶다. 그 과정에서 절망도 실패도 많이 찾아올 것이고, 다른 사람들에게 이런저런 말들도 정말 많이 듣겠지만, 잘 걸러내어 좋은 조언이건 마음에 들지 않는 싫은 말이건 전부 내 일을 할 수 있는 에너지로 만드는 것이 참 중요한 것 같다.

또 한 가지 자신감을 만들어주는 가장 확실한 것은 연습이다. 연습을 집중해서 꾸준하게 열심히 하다 보면, 내가 하는 기술에 자신감이 생긴다. 연습으로 내가 원하는 수준의 춤 실력에 더 가까워질 수 있다면, 누가 뭐라 한들 배틀에서 지고 이기는 것이 상관없어진다. 꾸준한 연습으로 항상 준비되어있는 사람은 무서울 것이 하나도 없다. 나는 연습의 힘을 굳게 믿고 있다. 수퍼 파워는 누군가 만들어주는 것이 아니라, 내 안에서 나오는 것이다.

08

춤을 잘 추는 것보다
중요한 좋은 인격

99 반짝거리는 때만 좋을 것이 아니라,
춤으로 받는 행복을 더 많은 사람에게 베풀고
나누어준다면 행복은 배가 되고,
더 크고 멋진 프로젝트를 해낼 수 있는 튼튼한
발판이 되어줄 것이다.

어릴 때는 인복이 많다고 생각을 못 했는데, 나이를 먹으면서는 크게 느끼고 있다. 진심으로 나를 걱정해주는 사람들이 주변에 존재한다는 것에 너무 감사하다. 역마살 인생을 살면서 이곳저곳을 옮겨 다녔지만, 어디를 가던 정말 좋은 친구들이 주변에 생겼고 모두 한평생 오래 갈 것 같은 사람들이 대부분이었다.

좋은 사람들이 곁에 있다는 건 세상을 살아가면서 큰 행복과 안정감을 준다. 항상 이곳저곳 여행을 다니고 주거지를 옮겨 다니는 생활을 했지만, 주변 친구들과는 절대로 연을 끊은 적이 없고 멀리 있거나 가까이 있더라도 친구들 덕분에 종종 느끼던 외로움을 많이 덜어낼 수 있었다. 내가 운이 좋은 것도 맞지만 그만큼 안목이 높아서라고도 생각한다. 나와 비슷한 부류의 사람을 자연스럽게 사귀게 되는 것. 비슷하지 않더라도 사람을 진심으로 대하고 그 사람 또한 나에게 진심으로 대하는지를 보는 안목이 자연스럽게 길러졌다.

인생을 살면서 직감(intuition)을 중요하게 생각한다. 느낌이 정말 중요하다. 이것저것 따져보는 것도 중요하지만 누군가를 만날 때, 혹은 무언가를 시작할 때 느껴지는 강한 에너지를 무엇보다도 나는 믿는다. 내가 처음에 무언가를 시작했을 때 느끼는 감각과 직감은 나를 여기까지 올 수 있게끔 한 선물이라고 생각한다. 선택의 기로에 있을 때 주저하지 않고 내 직감을 따랐으며 그에 따른 선택은 실패를 가져다준 적도 있지만, 인생을 길게 봤을 때 더 큰 가르침, 나를 더 크게 만들 수 있었던 원동력이었다고 생각한다. 좋은 인격은 세계에서

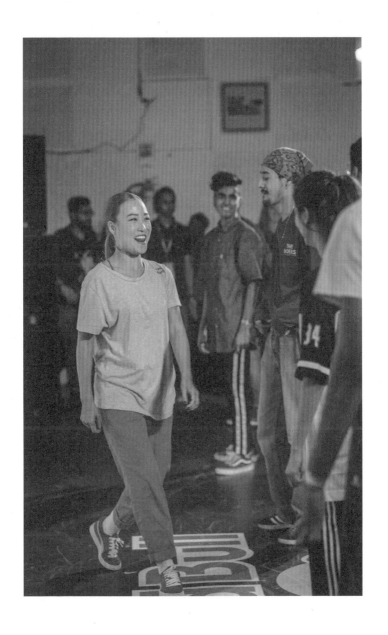

춤을 제일 잘 추는 댄서가 되는 것보다 더 중요하다.

나에게는 Longevity(장수, 오래 지속됨)가 한번 반짝이는 화려함보다 비교가 안 될 만큼 더 큰 가치로 해석된다. 행복하게 오래오래 내가 사랑하는 것을 하며, 더 많은 사람을 감동하게 하고 더 나아가 다른 사람들에게까지 행복을 주는, 춤으로써 행복을 전파하는 일이 나에게는 더 큰 목표이자 내 인생의 신념이다.

내가 최근에 읽었던 책 중에서 정말 와닿는 책이 한 권 있다. 〈Give and Take〉라는 책으로 미국의 저자인 'Adam Grant'가 쓴 책이다. 이 책에서 저자는 한가지 논문을 이야기하는데, 세상에는 Giver와 Taker가 있다. 주는 자와 받는 자이다. 이 논문에서는 Giver와 Taker가 사회구성원으로서 어떤 위치에 있는지를 이야기해주고 서로 공존하며 어떠한 사회를 만드는지 보여준다. 그리고 주는 것에서 얼마나 큰 행복을 느낄 수 있는지, 나누는 사람들이 얼마나 조화로운 사회를 만들어가는지를 보여준다.

이 글 중에서 정말 신기했던 파트가 있었는데, 사회적 빈곤층에서 가장 많이 보이는 사람들은 'Giver'라고 한다. 주기만 하고 그 속에서 'Taker'에게 뺏기기만 하는 사람들이다. 그리고 그 위에 중간과 부유층에 속하는 사람들은 대부분 Taker가 차지하고 있다고 한다. Taker는 자기 자신의 이익을 위해 무엇이든 해서라도 그 이익을 챙기는 데 많은 노력을 기울인다. 그런 행위에서 행복감을 느끼고 자신의 사회적 위치가 대단한 위치에 있다는 자신감에 중독되어 살아간다. 그런데 더 재미있는 사실은 그보다 더 높은 가장 꼭대기에 있는 부유층 또는 사회적으로 성공한 사람들은 대부분 놀랍게도 Giver라고 한다.

사회를 살아가면서 주기만 하는 사람들은 바보 같다는 인식이 있는데 책을 통해 나눔으로 인생의 커다란 행복을 얻을 수 있고 그것이 더 크게 성공하고 성장할 수 있는 발판이 될 것이라는 큰 깨달음을 얻었다. 자신만의 이익을 위해 살아가거나 그 이익을 실현하기 위해 무조건 받기만 한다면 오래 지속될 수 없다.

댄서도 마찬가지다. 반짝거리는 때만 좇을 것이 아니라, 우리가 춤으로 받는 행복을 더 많은 사람에게 베풀고 나누어준다면 행복은 배가 되고, 더 크고 멋진 프로젝트를 해낼 수 있는 튼튼한 발판이 되어줄 것이다. 이 행복은 최근 나의 경험에서도 많이 느꼈는데, 나와 우리 팜므파탈 팀은 2020년부터 2년 동안 전 세계에서 춤을 배우고자 찾아온 젊은 여성 댄서들을 모아 대가 없이 그들에게 우리들의 경험을 쉐어하고 가르쳐왔다. 나는 스트릿 댄스신에서 활발하게 일하고 있는 여성 댄서로서, 우리 젊은 여성 댄서 친구들이 많은 곳에서 자유롭게 춤을 배우고 꿈을 키워나갈 수 있는 안전한 공간을 만들고 싶다. 걱정 없이 더 크게 꿈꾸고 댄스신의 정상에 위치할 수 있는 성공한 여성 댄서들이 더 많이 생겨났으면 좋겠다.

그래서 재정적인 지원이 필요하거나, 어릴 적 안 좋은 경험들이 있어 춤추기를 두려워하는 친구들을 모아서 일주일에 한 번씩 무료로 클래스를 하며 그들과 함께 즐거운 댄스 여정을 지금까지 즐기고 있다. 그들의 성장을 지켜보면서 큰 행복을 느끼고 우리의 꿈도 더 커지는 기분과 더 많은 것을 이루고 싶은 욕심이 생기기도 한다. 이런 경험들은 나를 더 큰 사람으로 만들어주고 더 큰 행복을 준다. 내가 왜 춤을 추는지, 왜 이 길을 선택했는지 더 큰 이유를 만들어주고 더 큰 책임감과 새로운 나만의 목표와 인생의 의미를 부여해준다.

프로페셔널 댄서로 다양한 비즈니스를 하면서 많은 댄서를 봤다. 끝까지 오랫동안 살아남고 더 큰 성공을 잡는 사람은 춤을 가장 잘 추는 사람이 아닌, 춤도 잘 추면서 따뜻한 좋은 인성을 가진 사람들이다. 레드불에서 내게 연락한 이유도 춤 실력뿐만 아니라 열정적이고 밝고 긍정적인 성격도 이유였을 것으로 생각한다. 클라이언트들도 다들 나와 일하는 것을 재미있어하고 어렵지 않게 생각한다. 나는 까다로운 성격도 아니고 몽글몽글하고 톡톡 튀어서 좋은 에너지를 받는다는 이야기를 종종 듣는다. 나는 앞으로도 많은 사람에게 좋은 에너지를 줄 수 있도록, 아직 많이 부족하더라도 항상 감사한 마음으로 사람들을 대하기 위해 하루하루 더욱 노력할 것이다.

Be a better person every single day!

09

나를 챙기고 사랑해주는 시간

> 나의 에너지가 얼마나 있는지, 어떤 것에 반응하는지 스스로 알아야 한다.
> 그 에너지를 정말 잘 활용한다면 세상을 바꿀 수도 있는 엄청난 힘이 될 수 있다.

에너지는 나에게도 정말 중요한 것이지만, 특히 예술인이라면 정말 정말 중요한 요소라고 생각한다. 내가 이렇게 에너지를 중요하게 생각하고 잘 관리해야 한다고 생각하게 된 이유는, 춤을 추면서부터이다.

어떤 에너지를 얼마만큼 공연에 쏟을 것인가, 언제 집중해서 더 큰 에너지를 발산하고 어느 때에 잠시 멈추고 충전하면 좋을까. 공연, 배틀처럼 나를 발표하고 표출할 때 에너지의 흐름, 그리고 어떤 식으로 강약을 조절하느냐가 정말 좋은 공연을 만드는 중요한 요소라고 생각한다. 공연에서 아무 감정 없이 테크닉만 공유한다면 그 공연은 관객을 얼마나 감동하게 할 수 있을까? 나는 자신의 에너지를 적절하게 사용하여 많은 사람에게 다양한 감동을 전달하는 것이 예술인의 임무라고 생각한다. 스스로만 즐기고 이해한다면 그것은 예술이라하기 어려울 것이다.

내가 경험해온 댄서라는 직업은 아주 활동적인 직업이다. 한달에 많게는 다섯 개의 나라, 적어도 한 개의 나라 또는 도시를 여행하며 다양한 사람들을 만난다. 가끔은 빡빡한 일정에 힘이 들어 쉬고싶어도 스케줄 상 바로 일을 해야 하는 경우가 있다. 많은 댄서를 만나는 것은 정말 즐겁지만 무리한 스케줄 속에서는 부담이 될 때도 있는 것이 사실이다. 그들은 내 100%가 보고 싶어서 나를 불렀을 텐데 나도 사람인지라 무리한 스케줄, 오랜 비행으로 몸과 마음이 지칠 때는 100%를 보여주고 싶어도 그러지 못하는 때도 있고, 가끔은 너무 많은 사람을 만나서 에너지가 다 소진된 느낌을 받을 때도 있다.

하루는 두바이에서 정말 유명한 마술사를 만났는데, 그는 하루에도 수십 명의 관객을 상대하며 그들에게 정말 많은 에너지를 쏟는다. 그의 마술은 관객의 감정을 읽기도 해야 하고, 그들이 누군가를 생각하는지 이름까지 맞출 정도로 한 명 한 명에게 정말 큰 에너지를 쏟아야 하는 작업이다. 나도 직접 경험해봤는데, 그는 나에게 사랑하는 누군가 한 명을 마음속으로 생각하라고 하였고, 그 사람의 이름을 카드에 적고 반으로 접어 주머니에 간직하라고 했다. 그리고 내 손을 잡더니 내가 쓴 이름을 정확하게 맞추었다. 내가 쓴 것은 언니의 이름을 영어로 쓴 것이었는데, 한국인도 아닌 그가 우리 언니 이름을 아주 또박또박 말하였다. 정말 소스라치게 놀랐고 소름이 돋았었다.

그에게 이렇게 종일 많은 관객을 일일이 상대하면 금방 피곤해지지 않냐고 물었더니, 그렇다고 말하면서 한명 한명의 마음을 읽어내는 것 자체가 정말 큰 에너지를 쏟아야 하는 것이라고 말했다. 그리고 내게 좋은 에너지가 느껴지는 사람이라고 말해주었다. 그래서 본인 또한 이렇게 상대방에게 좋은 에너지를 전달받는다고 했다. 생각해보니 나도 항상 누군가를 만날 때, 또는 춤을 출 때 정말 많은 에너지를 쏟는다.

나는 나 스스로가 100% 외향적인 사람이라고 생각하지 않는다. 선천적으로 혼자 있는 것을 좋아하는 사람이지만 춤을 사랑하면서 춤을 추고, 리더십이 생기며 사회적으로 남들과 어울리는 것에 흥미를 느끼게 된 사람인지라 반드시 나만의 충전 시간이 필요하다. 이런 나만의 특성을 파악하고서는 일을 할 때, 또는 스케줄을 짤 때 나에게 충분히 충전할 수 있는 시간을 항상 주려고 한다. 그게 나의 나를 챙기고 사랑해주는 시간이다(self care&love).

나의 에너지가 얼마나 있는지, 어떤 것에 반응하는지 스스로 알아야 한다. 그리고 그 에너지를 어떻게 지치지 않게 잘 활용하느냐도 중요하다. 정말 잘 활용한다면 세상을 바꿀 수도 있는 엄청난 힘이 될 수 있다. 부디 당신의 에너지를 지키고 현명하게 활용하길 바란다. Protect your energy and use wisely.

Epilogue

책을 쓰면서 많은 생각이 들었다. 누가 내 인생 이야기를 알고 싶어 할까? 글을 적어 내려가다 보니 내 이야기로 시작하여 마무리는 어느새 자기 계발에 관한 내용으로 끝난 것 같다. 그만큼 많은 사람이 내 경험에 공감하고 용기를 얻어갔으면 하는 마음을 가득 담았다.

내 인생을 자랑하려고 썼다기에는 내 인생은 그다지 자랑할만한 것들이 없다. 아빠가 돌아가시고 혼자가 된 어머니와 가난한 집에서 고졸이 전부인, 세상 사람들이 생각하기에 자랑과는 전혀 반대인 이야기들이 대부분이다. 하지만 내가 콕! 집어 이야기하고 싶은 것이 한 가지 있다면, 나는 이 인생이 아주 당당하고, 부끄러웠던 적이 단 한 순간도 없다는 것이다. 그 당당함은 누군가가 나에게 가르쳐 준 것이 아니라 스스로 찾아낸 것이다. 그리고 그 당당함이 나를 이곳까지 불러냈다고 확신한다.

요즘은 하루하루가 감사하다. 내가 사랑하는 춤을 추며 남부럽지 않게 잘 벌고 있고, 좋은 작품을 만들어 내기 위해 매 순간 열정을 다할 수 있는 기회가 있다. 좋아하는 일을 하며 심장이 터질 듯한 행복감을 매일매일 만끽하고 있다. 만약 내 인생이 지금 끝난다고 해도 평생 후회 없이 살았다고 당당하게 말할 수 있다.

유튜브에 올라온 내 춤 영상을 통해 이렇게 나의 이야기를 풀어낼 수 있는 책을 쓰게 된 것도 정말 꿈같고, 이런 기회를 주신 리얼북스 출판사, 그리고 서포트해준 모든 사람에게 감사의 인사를 전한다. 책을 쓰면서 작가로서 더 많은 욕심이 생겼고, 앞으로도 하고 싶은 다양한 이야기들을 책으로 쓰고 싶다는 생각도 든다.

댄서로 살면서 정말 많은 질문을 받았다. 어떻게 춤을 시작하였고, 어떤 식으로 연습을 했는지, 미국에는 어떻게 와서 이렇게 바쁘고 즐거운 삶을 사는지 많은 이들이 궁금해한다. 디테일하게는 비자 같은 현실적인 질문들도 정말 많다. 내 글, 나의 이야기로 많은 사람이 길이 보이지 않고 막막하고 힘든 일들이 찾아와도 꿋꿋하게 계속 도전하고 더 단단해질 수 있길 바란다. 모두가 더 당당하게 자기 인생을 사랑하며 살길 응원한다.

길이 없으면 개척하면 된다. 우리는 모두 할 수 있다!!!

많은 수강생 사이에서 유독 눈에 띄는 아이가 있었고 그게 인영이었다. 빛나는 재능이 있었고, 정말 아끼는 제자였다.

서로 각자의 길을 걷고 있는 지금, 돌이켜보면 당시 20대 어린 나이에 팀을 만들어 부족함이 많았기에 인영이에게 미안한 마음이 크다. 하지만 같이 땀 흘리고 연습하고 떡볶이 사 먹으며 춤 얘기로 밤을 새웠던 그 시절은 아직도 나에게 빛나는 순간들로 남아있다.

나를 스승이라고 불러준 친구지만 인영이는 어느새 실력과 열정 면에서 나를 앞서고 있다. 그래서 더욱 그녀의 책이 반갑다. 인영이의 책은 최정상을 향해 달리는 그녀의 여정 속 마침표가 아니라 '쉼표'이기 때문이다. 대중들에게 생소할 법한 스트릿 댄스에 대해 알기 쉽게 설명해 준 것도 고맙다. 댄스신에 오래 몸담은 사람이라면 누군가, 반드시 해야 할 일이기에 그녀에게 빚진 마음이다.

나의 자랑스러운 제자 인영아.
멀리서 늘 언니가 응원하고 있을게.
미국이라는 큰 무대의 최정상에 우뚝 설 DASSY의 미래를 바라며.

리아킴 (1 MILLION DANCE STUDIO 공동 대표)

내 꿈을 디자인하다

펴낸날	초판1쇄 인쇄 2023년 2월 20일
	초판1쇄 발행 2023년 3월 3일

지은이	이인영 DASSY LEE
펴낸이	최병윤
편집자	이우경
펴낸곳	알비
출판등록	2013년 7월 24일 제2022-000213호
주소	서울시 마포구 월드컵로10길 28, 202호
전화	02-334-4045 팩스 02-334-4046

종이 일문지업
인쇄 이든북스

ⓒ이인영 DASSY LEE
ISBN 979 11 91553 52 9 03800
가격 16,800원

사진제공 photographer
Anderson Ko, Kiu Ka Yee, Jeong Park, Little Shao, Jason Lam